漩渦裡外

杜衡 著

無數漩渦相互重疊，沒有人能逃脫的混亂

「他覺得自己應該像那架鐘一樣地固執，堅決，一樣地忠於自己的職守，像沒有人在面前它也照舊報著確切的時刻一樣，即使課堂裡沒有學生，他也得去。」

教職員間的權力鬥爭、學生們的課餘思量、校外的情勢傾軋……
一個又一個漩渦相互重疊，德生中學裡引發的混亂，沒有人能逃脫。

目錄

一

在私立德生中學的教員休息室裡，英語教師徐子修從他那張永遠放在最裡邊角落裡的寫字臺上抬起頭，偶爾向壁上一架八卦鐘望著。已經七點五十五分了嗎？他禁不住突然驚了一下。可是他知道，那架跟自己一樣地已經替這學校服務了二十多年的八卦鐘，是不會把他欺騙的；它向來就準確得跟自己一樣，沒有誤過時刻，更極少告過假。七點五十五分就是七點五十五分了；往常，到這時候，縱使眼皮上還掛著昨夜的眼屎，多少總應該有三五個同事陸陸續續來到，今天，屋子卻顯得特別寬敞起來，空空洞洞地除了自己之外還沒有一個人。他望了一回，把剛改好一半的課卷擱開，把鋼筆插好在筆插裡，把紅墨水瓶底蓋子緊緊地蓋上，不給漏氣。隨後，照著至少有十年以上的舊例，抽開左邊抽斗，看也不看地摸出一小方紙片和一小撮焦黃的煙絲，然後，舌尖在紙上一舔，用熟練的手勢一下子就捲成一枝煙，刮了火柴，吸著。

要不是幾個月以前特別為路遠的兼任教師們把上課時間改遲十分鐘，今天可不是只有他一個人上頭堂了嗎？這班教員哪，這班教員！正打算在心裡罵幾句，他卻猛然想起前一天所聽到的鬼鬼祟祟的傳聞；底細他不明白，而且也不想去明白。只是，學校彷彿

一

又一次浸在不安的空氣裡，說不定接踵而來的又是停課和罷考呢。說不定今天就是了，他惶惑著；說不定已經停了課自己還不知道呢。

嘴角邊黏著煙枝，從座位上站起來，緩步走到休息室門口。從這門口望去是一片空闊的廣場，廣場上像大海裡撒鹽花似地只有十來個人在著，樣子怪閒散，從這十來個人身上看不出一點兒上課不上課的動靜。

風平穩地吹；早晨底陽光溫暖地照在他那禿了大半個的頭頂上。

這難道是醞釀著什麼風波的光景嗎？徐子修不相信似地在頭頂上搔了幾下，打算到隔壁事務室裡找一個職員問。可是剛跨出門去卻就把腳步停住了。如果根本沒這回事，自己大驚小怪的還成什麼樣子啊！為保持尊嚴他不願意隨便問，只帶著猶豫的神色仍然走回到沒有人的屋子裡來。

八卦鐘地響了一陣，接著，那麼迂迴而凝重，像一位嚴謹的執法者似地連續打了八下。

彷彿受了鐘聲的惕勵，他突然想：

「憑什麼不去上課呢，也沒有接到正式的通知！」

他覺得自己應該像那架鐘一樣地固執，堅決，一樣地忠於自己的職守，像沒有人在面前它也照舊報著確切的時刻一樣，即使課堂裡沒有學生，他也得去。這樣想，他以為自己重新穩定了。

把吸剩的煙枝順手向痰盂裡一丟，走回到原來的座位上，拿出第一堂課的課本來，翻開上次停頓著的一頁，飛快地看了幾行，卻沒有看下去，只找一些紙片來把那地方夾了；書重新合攏，在寫字臺正中央放好，他留意著，叫書脊跟臺子底邊恰好成了九十度的直角；於是，又拿過點名冊，擱在一起，又拿過了粉筆。一切都準備得停停當當，他等著……

直到打過預備鐘，又開始打著正式的上課鐘，教員休息室裡卻還沒看見有第二個人來到，徐子修不再去關心這些，只照著舊例，在上課鐘第一聲響著的時候，就用那種二十年來所慣有的姿態，把課本像非常沉重似地叫右手高高抬著，走出休息室，穿過行廊，轉上幾個彎，向高二甲班的教室走去。他腳步縱然慢，卻像有一種機械地固定的速率，依著三十二下鐘聲底節奏，移過了固定的距離，到鐘聲劃然停止，洪亮的餘音還嗡嗡地迴蕩著的時候，他永遠是剛巧踏到教室門檻邊，難得有三尺以上的快慢。

抬起頭，對裡面望了望。並不是沒有人，卻的確那麼疏疏落落，像比平常少了一半的樣子。徐子修登時就蹙緊了兩道眉毛，卻沒問什麼緣故，顧自己跨上講臺，從袖筒裡抽出手帕，在那高高的圈椅上拭了幾下，整一整長衫底下襟，坐著。他翻開點名簿，並不把名字叫出聲，只依照座位底號碼一行行看，一行行登錄。正當他用眼睛來點著名的時候，從外面又陸續來到了一些人，他把他們逐一地注意了。全班學生的姓名他幾乎個個知道；他咬著下嘴唇，眉毛更蹙得緊，就在那些人的名字下面逐一打了遲到的標記。點完名，把名冊推到右邊的臺角上，挺起腰板呆坐了一會。他不響，全堂也沒有聲息。好久，像沒有說話就已經口乾了似地把舌子在顎上吸了幾下，眼睛只望住對面的牆，自言自語地說：

「從今天起，預備鐘可以關照不必打了。」

說著，他把嘴唇做了一個介乎輕蔑和嘲諷之間的神色，用鼻子微微噴一口氣，把課本拿到身邊，翻開了夾著紙片的那一頁。他並沒有馬上就講書，又停頓了一會，仰起臉看著。即使把遲到的算在內，全班的學生還是少。學生和教員的一致缺席使他還禁不住詫異著。這多少總跟幾天來逐漸漫延的風波有點關係吧；可是他卻沒想到這個純然是學校行政上的糾紛，竟不但教職員，就連學生也會給牽涉在內的。他底臉色似乎變得更嚴肅了，他開始感到一種真切的痛心。

「一個人呵，」用沉重的低聲慢吞吞地說，隨時間斷著，吸著舌子，「最要緊的是，要記得自己的本分。用不到管的事，管不到的事，誰都要管，這個世界就給這樣弄糟的。」

輕輕地點著頭，像企圖給予自己的話以特殊的肯定。

「世界這麼大，社會上的事情這麼複雜，我們在學生時代，也懂不了這許多，如果全要越俎代庖起來，那麼，那麼……」

還沒有想出該用些什麼話來接下去，卻陡然聽到從外邊走廊上傳來一陣口哨聲，吹著一支愉快而帶點輕薄的調子，把自己所造成的嚴肅的空氣破壞了。他重新沉默著，又皺皺眉毛，把臉移向門口，就看見一頂壓髮帽上的絨線球沿著一個個窗洞跟吹口哨底聲音同時移近來。那個人終於在眼前出現，沒有穿上衣，雙手在西裝褲袋裡悠閒地插著；他向課堂裡一望，看見了徐子修，停住嘴裡的調子，一邊跨著門檻一邊大聲說：

「這樣快就來了嗎！」

徐子修認識他，叫黎漢，據說是當地某一位要人的親戚。徐子修記得上次季考的時候，他曾經給搜出了夾帶，而在布告出零分的成績之後，自己還接到一封恐嚇信，不署名，該署名的地方是畫著一枝手槍。好久就猜疑是這傢伙攪的把戲了。卻始終沒把這猜疑對誰表明過，只自己留意著。

不說話，拿眼光釘住他，惹得全堂的眼光都在他身上集中。靜默。這靜默卻並不能對黎漢造成什麼影響，他還是那麼自在地走近來，到講臺邊，伸出手去要翻動臺角上的點名簿。

徐子修卻搶先把點名簿用手使勁按住了——

一

「你做什麼？」

抬頭望見了那張乖戾的臉色，到底也禁不住把手縮回，嘴裡卻還這樣說，「我來補一個到。」

「現在不能，現在要講書。」

「要等幾時補呢？」

沒有回答，徐子修只把點名簿拿過來壓在自己底課本下面，對課本看了看——

「Page two hundred seventeen.」

黎漢愕然地對徐子修望了一陣，沒辦法，回轉頭，對同學們裝了一個又像渺視，又像聊以解嘲似的鬼臉，跚跚地退到第四排右側的自己座位後邊，兩條腿用跳高底姿態跨進椅背，坐下了。他桌上空洞洞地沒有書，卻從鄰座同學的坐椅上胡亂拖過一本來，翻開了攤著。

「Paaaage two hundred seventeeeen!」

像從運動會上的傳聲筒裡發出來一樣的聲音使全堂都吃了一驚。黎漢看見徐子修說話的時候正把眼睛望住自己這方向，一邊還用指掌在臺面上急迫地拍。

他把書本朝後翻了幾頁。

想不到這樣還搪塞不過去，竟看見徐子修從講臺上站起身，走向自己的座位。禁不住稍稍有點驚惶了，卻沒法子阻制他不把自己身邊那本書拿起來看。

「這一堂是英文，不是物理，你知道？」

裝痴裝呆地也把書一看，隨口強解著，「啊，拿錯了。」

「拿錯！剛才進來的時候看見你沒帶書的，你還當面說謊！」說著，把那本物理合攏了向桌上一丟。「回去拿呀。」

「合看看拉倒。」

黎漢把身體向鄰座挪近一步，拖過那同學底課本來打算兩個人合看，徐子修卻偏偏把它推了回去——

「不成的，你這樣妨礙別人。」

「那叫人怎麼辦呢？」

「回宿舍去拿。」

「等拿得回來不是已經要退課了，還來得及！」

「不成，沒有書就不用來上課。」

聲音變得激厲起來，全班的學生對這糾紛都屏住了呼吸。黎漢也收斂住先前那一副賴皮相，他想起用沉默來抵制，不響，又不動，只這麼坐著。

「不拿書你就得出去！」

一

那一個終於也失掉忍耐，他無所顧忌地在臺子上一拍，大聲嚷：

「我什麼班上不跟人家合看書，偏你這兒兩樣！」

竟會有學生在課堂裡對他拍臺子，咆哮著，這在徐子修二十多年的經驗裡是沒有的。他發現自己呼吸變得急促，嘴唇也稍稍顫抖；他停頓了一陣，意識地鎮靜下來，還是用那種粗糙的聲音屹然站立著說：

「沒有書就得出去，我這兒不能通融的。」

「……」

「出去啊，聽見沒有！」

黎漢猛地站起來，就把臺子向前面使勁一推，要不是鄰座的學生眼快手快，趕忙把它扶住，就差不多已經倒在徐子修的身上。擠出了臺子縫，頭也不回一回，就這麼一股勁衝到課堂門口，走了。當下徐子修也不再說什麼話，慢慢回到講臺上，翻開點名簿，拿起鉛筆就在黎漢這名字上重重地劃了一筆，重新拿過了課本。可是他像還需要一些時間來恢復自己心境的平衡，恢復講書的能力。學生們等著，悄悄地偷望著他那張顯得鐵青的臉，然後又各自低下頭去。

二

那一堂課上徐子修根本就沒有好好地講書，差不多只依照課本匆匆唸著，念了三兩頁，還沒打退課鐘，已經把書本收拾起來，說一句「你們回去再仔細溫習一下」，跨下了講臺。他臉上餘怒未息，腳步像比往常加緊了一些，就向教員休息室走去。此刻，那地方已經不像先前似地冷落了，有三五個人聚集著。徐子修只對他們胡亂招呼一下，也不馬上走進門，只在門口急忙找到那個值班管理休息室的茶房問：

「你去看看，王校長來了沒有？」

詫異的臉色。「王先生已經三天沒有到校了。」

「啊——」

徐子修竟還沒有知道呢！他站著，楞了一陣，做了一個沒手勢似的手勢，再沒有追問什麼話，終於無可奈何地走回到自己那角落裡的座位去。

校長沒到校的話，卻無意中鑽到了站在門檻邊閒望著什麼東西的用器畫教師許言如的耳朵裡。他每星期只擔任兩天課，他自然也不知道。這消息使他感到意外的緊張；他踮起了皮鞋腳跟悄悄地走到就在這學期把他介紹到這學校裡來的算學教師張敬齋的身

二

邊，附住他的耳朵輕輕說：

「敬齋，敬齋，校長都躲起來了呢！」

話雖然輕，卻說得在座的人都聽到了。他發現一雙彷彿帶點敵意的眼光在向他身上掃射過來；那個人他不認識，他覺得稍稍有點窘。張敬齋卻出人不意地笑著——

「我們已經為這事情談了一個早晨了。」

張敬齋在屋子裡是占據著一張最舒適的圓椅，地位剛巧在幾個人的中央，指縫裡夾著紙煙。他把煙吸了一口，向身邊的人輪流看一看，又把兩條折疊著的腿抖了幾下，「這事情空談是完全不中用的，只靠自己的團結啊，」說著，把臉移向那雙對許言如的話表示敵意的眼光的主有者，「汪先生，你說是不是？」

「早有了團結這種事也不會有。」

「現在也來得及。」

「名義的問題倒也麻煩。用剛才提出的那個『教職員請願團』似乎也還可以，不過總得要人多；不能全體至少要大多數。」

沒有人接話，許言如呆沉沉站著，張敬齋顧自己噴著煙。只是那位汪先生卻顯出一副焦急的神色；他等了一陣，還是等不出下文來，像灰心了似地嘆著一口感傷的氣，「仲實平常待人也不算錯了，想不到事到臨頭會這樣難辦的！」隨後站起身來，來來去去踱了幾步，再回過頭，卻發現自己剩下的那張椅子已經讓許言如占據了去。他感到四周圍的空氣越顯得沉寂起來，站了一陣，雙手捏著自己的指節，作出些聲響。終於，沉思似地在齒縫裡縮著氣，反背著手走開了。

許言如把身子俯向張敬齋，輕輕問：

「這是誰呀？我還不認識。」

「他姓汪。」

「姓汪我知道。」

「叫汪德鄰，是這兒的事務主任，還在初中部兼課。」

「事務主任，怪不得是校長派的口氣呀。」

張敬齋用眼色阻制他，抬頭看，發現汪德鄰早就向隔壁的事務室走了回去；他丟掉吸剩的煙，把兩條腿換著上下，似笑非笑地露出了牙齒。

坐在側邊從來沒說一句話的呂次青像要叫人發覺他底存在似地先咳嗽了一聲，對張敬齋看一看——

「事情是沒辦法的，」開始說，「我看你算了吧。」

「為什麼？」

「這幾天王校長在校董會方面也碰了壁，你知道？」

二

「我自然知道。」

「那你還跟他們組織什麼請願團呢？」

「你說不會有效力嗎？」

「這何須說得！」呂次青停頓著，對四邊一望，沒有人，才把上半身彎了過來，像談什麼機密大事般壓低了聲音，「上次校董會聽說空氣還好一點，這次更糟，說要清查他經手的帳目，帳目可是又交不出來。」

「那上面究竟有沒有毛病？」

許言如好久就想插一句嘴，說完，誠懇地等著回答。

這一回張敬齋卻真實地笑了。可是他沒有理睬許言如的話，只視而不見地對他瞥了一下，隨後，還是顧自己對呂次青說，「你別當了真，什麼請願團，護校會，我不是姑妄言之，寬寬他們的心的。」

「我也想你不會這麼傻，快坍的牆還去扶！」

「不過我們也得打算，」沉思似地停頓著。「你清楚那另一方面的情形？」

「他們自然想趁機會打進來包辦。」

「背地裡恐怕還是去年搗亂二中的那班人。」

「可不是。他們是有組織，有計劃的，這一回倒王不過是計劃中的一個初步。」

「要倒王容易，硬要進來就沒那麼簡單。」

「那裡！他們各方面都有聯絡。」

「無論如何，校董會總是個不容易通過的難關。」

「對呀，我也早就看透了這一著棋子！」呂次青忽然把手在膝蓋上一拍，變得更興奮了。他感到英雄所見略同，他感到這位三年多的同事到今天才成為他的知己。他爽性把椅子更向張敬齋移近一步，用更低的聲音交頭接耳談著，卻時時對在座的第三者許言如飛著顧忌的眼色。許言如只好掃興地站起來。他也正對這題目感到興趣呢，這一段應該是最重要的話他沒法子聽清楚。他施施然走開，卻到底在不願意偷聽人家私語的假裝下留意地捉到了「背景」，「上邊」，和「不是東西」這些零星的字句。

於是，張敬齋和呂次青互相對望著笑，像在二人之間一下子就建設了深切的了解。

「是上課鐘嗎？」張敬齋茫然問。

他們暫時沒有說話；正當沉默中，鐘聲噹噹地響著。

「不，還是第一堂退課呢。」

「你有課？」

「現在還早，」呂次青答著；停一會，他接下去說，「這事情要攪就得快。」

「那自然，總得要趕在他們下次開會之前。」

二

「不過我們總得有個妥當的準備。」

「你停下有空？」

「可以，我們停下再多找幾個人談談。」

「自然要先想法子探探大家的態度，我想進行也不難。」

「我想不難。」

走廊上一陣響亮的皮鞋腳聲使他們兩個不約而同地把眼光移向門口，看到走進門來的是穿著一身挺刮的學生裝的社會科教師，他們互相用眼色關照著，把興奮的談話劃然停住。張敬齋在那張圓椅上伸一伸腰板，捻一捻眼睛，像企圖給予一種剛從疲憊的瞌睡裡醒過來似的印象，然後懶散地站起身，對新來者招呼著：

「尤先生，今天你有頭堂課？」

「我那一天不是這麼早的！」

「那真累。」

「有什麼辦法呢，」尤丹初一邊把書本在桌上擱，一邊從褲袋裡抽出手帕來拂著身上的粉筆灰，「這兒退了課還得趕上局裡去。」

「學校又這麼遠，路上怕足足要三刻鐘吧？」

「可不是。」

「幸虧這幾天日子慢慢長起來，要是在冬天，在……」

發現尤丹初只顧自己在一隻抽斗裡翻尋著什麼東西，沒心思跟他說這些閒話，張敬齋只好把話停住，茫然站立著。休息室裡又陸續進來了一些人，他彷彿害怕那張舒適的坐椅讓人侵占了去，便重新坐下，又捻著眼睛，伸著腰。

像有心跟他輪班，這一回是輪到呂次青站起身。他卻沒有跟誰說一句話，踱了一陣，走到放字典的臺子跟前，忘記了自己國文教員這身分，把一部《漢譯韋氏大辭典》胡亂地翻看——

「阿——巴——克——斯——」

在頭一頁裡揀出一個字來用強硬的聲調這樣唸著。剛唸完，他馬上就意識到這舉動的無聊了；難道算表示自己也認識幾個洋文嗎？他不好意思地急忙把字典翻攏，回轉身。休息室裡人更多地聚集起來，卻大家留意著不多說一句話；簡直是一種不期而然的相持，這沉默似乎比平常的亂談說了更多的話。他把眼光在屋子裡茫然移轉，不自知地轉到了角落裡的徐子修身上。他無意識地向他身邊踱過去。

這許多時候，徐子修盡是把項背黏住在自己那座位的椅背上，不動，也不做旁的事，只像一架機關車似地拚命吸著自己手制的煙；剛才的經過在旁人也許只是一件無足重輕的小事，可是卻使他到此刻遠在臉上留著那一股乖戾的氣色。他甚至想到了這樣嚣張的學風下自己還應不應該幹下去的問題。

「今天退課這麼早?」

問了這話才看到徐子修那態度，呂次青開始驚奇。

徐子修卻抬頭對呂次青那麼非正式似地望了一眼，用鼻子噴一口煙氣，把嘴唇彎曲了起來——

「這一班學生還教得下去，還教得下去!」

「啊，」摸不著頭腦地應著。

「真是，真是跋扈得不成樣子。宿舍簡直成了旅館，課堂成了茶館，這樣碰臺碰桌的。」

「我們這兒學風還算好呢。」

「還好嗎?」像不屑再說下去，眼光對別處瞥一下，吸一口煙，又回過來。「前幾年比較好倒可以說，現在還說得了!自然，這也不能完全怪學生;現在誰都想利用他們來驅逐這一個，擁護那一個，就把他們捧得皇帝一樣高，誰都不敢碰一碰。不及格分數可以隨便加，不畢業文憑可以隨便送;照這樣，中國的教育還怕不破產……」

在憤怒的時候，徐子修簡直有一副可以在四人樂隊裡唱次中音那麼好的嗓子，響亮而且激厲，這嗓子在滿屋子的沉默中震盪，一下子就把所有的眼光都吸引了過來。徐子修卻昂起脖子，像要在他們之間找尋那個把中國教育事業害得破產的罪人似地，對所有的人輪看著，把所有的眼光逐一地逼了回去。眼光在尤丹初身上停頓；這卻使呂次青顯出顧忌的神色，他兩面看看，想用話來打岔，卻不料徐子修已經旁若無人地重新開始了他的獨唱，一邊還用指節在桌上敲——

「這班人什麼都不學，學的就是搗亂；將來到社會上去什麼都不會，會的就是搗亂。上一輩這樣，下一輩當然又是這樣，一輩輩下去怎麼得了呢。」

「現在究竟潮流不同了，像你我這樣還主張讀死書，怕不給人笑落伍嗎！」呂次青插進來說，隨後，也不知是要加強這話的意義，還是要減輕它，他「嘿嘿」地自己笑了一陣，在笑聲中擺手擺腳地盪開，不打算再聽徐子修底答話。

「如果在前幾年的話，這種情形，這種情形……」

陡然發現眼前已經沒有了談話的對手，徐子修氣憤地望了望，只好把話停住。還是把脊骨黏住在椅背上，拚命地抽菸。可是他終於記起第二次打鐘的時刻是近了；無論在怎樣的情形下，上課究竟還是他的責任。他長長地舒了一口氣，丟掉煙，開始把下一堂的課本整理著，照舊拿來端端正正地跟桌邊擺成了直角。

「這種情形，這種……」

心裡還兀自在對自己喃喃著。

三

等打了第二堂的上課鐘，那許多人上講堂的上講堂，回去的回去，屋子裡一下子又變得空洞起來。只有尤丹初卻故意把自己留在最後邊，他目送著一個個人離開，隨後，過去打開了原先那一隻抽斗，拿出了兩個封得好好的紙包，看一看。顯然不會有人偷拆過，便放心似地分塞在兩個龐大的口袋裡，又捱了一些時刻，才悠閒地自個兒走出門去。

走過事務室門口的時候有意無意地向裡邊望一望，只見汪德鄰反背著手，在屋子來來去去的踱著。

一笑，沒有去招呼，就顧自己走開了。

汪德鄰也沒有看見他。

他已經沒有課。在頭一堂退課的時候他曾經給了校役陳三一塊錢，還叫他送了兩個條子到學生宿舍去。他一個人輕鬆地走到校門口。剛出門，三五個洋車伕聚集攏來，用縱橫的車槓把他的去路攔住了。這一回他卻例外地搖著頭，一輛車也沒有要，只跨過車槓的迷陣自己走著。那地方已經是郊野的樣子，要不是為著這個包含六七百人的學校底關係而形成了一個小小的村落，四周圍就難得有人家；校門口的道路雖然不算窄，卻連

三

拖過一輛洋車都會揚起叫人閉眼的灰塵。原來就不是一個散步的地方，尤其在這上課時間，更是清靜得不見人。他孤單地在這條灰土的馬路上走了一段，到校舍近旁一家小吃店門口，停下來。在這時刻，小吃店裡面不但沒有顧客，就連管店的似乎也不見。

「還沒來嗎？」

正躊躇看，他抬頭瞥見了四塊斜方形的紅紙上那「登樓雅座」四個鬼怕的大字；這地方他還是第二次來，不知道還有樓。順便向街路兩邊望一望，走進店堂，上樓去。

在樓梯上聽到一陣男女夾雜的喧笑聲，那聲音有點辨別得出。「他們已經來了，」心裡想。到梯頂，掀開一幅白布的門幃，就看見黎漢正拖住一個女孩子的手腕，拉拉扯扯的，讓她一邊掙扎，一邊笑；另一個叫姜立恆的學生卻坐在那兒自己並不動手，只從旁助興似地嚷：

「親個嘴怕什麼！」

猛地看見尤丹初來到，黎漢只好把手放鬆，招呼著。

「你們等了好久了吧？」

「我們也剛到。」

尤丹初站在那裡對這小樓四周端詳著——

「想不到還有這麼個好地方。」

說著，在兩張方臺子連接起來的桌邊坐下了。那女孩子走近到他身邊，用手指掠了掠弄零亂了的頭髮。「這位先生要些什麼？」用黏溼的聲音問，一邊還對黎漢像埋怨似地斜乜了一眼。尤丹初一時也沒想起該要些什麼好，只抬頭對她看：雖然只穿著花布的衫褲卻也有三分嬌，眉毛細淡得顯然是修過了的，不過臉色帶蒼白，年紀似乎也小得可憐。彷彿有了先搭幾句訕的興致了，卻到底有點身分的顧忌，尤丹初對那兩個座前看一看，問：

「你們還沒有要嗎？」

「等你呀。」

「咖啡好不好？」

「咖啡是要現成煮起來的，你們等得及？」那女孩子擺一擺身子問。

「來不及，留我們過夜也不要緊，」黎漢打趣著。

尤丹初笑了笑，「就來三杯咖啡吧。」

「你們看，還是這位先生好，規規矩矩的。」

「誰跟你不規矩過了？你說。」

她笑著，罵一聲「短命的」，顧自己飛快跑下樓：後邊黎漢卻在嚷：

「阿素，規規矩矩先拿一些西點來吃。」

三

等那女孩子走轉背，尤丹初把凳子向他們兩個人掇近一步。大家臉上似乎顯得正經了一點。他沉默了一會，又向四面一望，開始問：

「這樓上不大有人到吧？」

「有老黎在這兒誰還敢闖上來！」這一次卻是姜立恆回答，「他差不多把這地方包下了。」

「談談話倒比下面方便得多。」說著，從口袋裡把兩包東西拿出來，擱在他們兩個人中間，不一定算是交給其中的那一個——

「這是傳單，給他們攪得昨天才印好。」

黎漢把兩個紙包捏了捏，「就只有這一點？」

「學校裡邊這一點已經盡夠了。」

「外界呢？」

「外界有我負責，你們可以不必顧問的。」

姜立恆把封得緊緊的紙包拿在手裡，翻動著，開始在封皮上撕，像要打開來先把裡邊的東西看一看。黎漢卻阻制著說：「現在看它幹什麼，先收好吧！」他就把拆封皮的手指停住，只拿兩包東西疊擱在一起；他把眼睛霎了幾下——

「今天就要發出去嗎？」

「已經是馬後砲了，再耽擱下去還有什麼用！」

姜立恆顯得稍稍遲疑，「這裡面是怎樣署名的？」

正要回答，卻聽到樓梯上得得地一陣響，尤丹初暫時把話停住，只見阿素托著一大盤的西點和盆子走過來，趕忙擱在桌上，累得差不多要喘氣了。她來到，黎漢的眼光立刻又變得浮動，像沒有心思對付眼前這場談話；那女孩子可不作聲，在各人跟前派好盆子和叉子，並不下樓去，只姍姍地走到窗邊，靠在窗檻上向下邊望。

「我們顧自己談好了，她懂得什麼！」姜立恆先動手起一塊蛋糕，咬了一口，帶著咀嚼聲說下去，「我說，那傳單上的署名怎麼樣？」

「自然學生全體的名義。」

「全體，」重說了一遍，姜立恆顯出一張顧忌似的臉。

「你們前天那個會究竟開得怎麼樣？」

「議案是提出了，卻沒有結果。」

「老黎怎麼對我說什麼都不成問題呢！」

尤丹初也稍稍沉吟一下。沉默中，聽到阿素靠在窗口嘴哼著一支流行歌曲；黎漢不安定地坐著，終於熬不住，從座位轉過身——

三

「也會唱《桃花江》呢，誰教你的？」

「我們談正經話，別竟顧著胡調啊！」

「你們談好了，談好了，」轉過頭來嚷，「我什麼話都聽到的。」

笑一笑，沒有再去睬他，尤丹初只顧自己對姜立恆繼續這樣說：「我早叫你們把會成問題的那些人的名單先開來給我，我就有辦法；現在還來得及，得趕快弄起來，就多寫上幾個名字也不要緊……不過……不過這一回我想是不會有什麼麻煩，驅王料來沒人會反對……就是反對也不會有力量的……」

「就怕是對全體名義來一個否認。」

「那一回不是大家簽了名？」

「簽名的只有七八十。」

「不要緊，七八十也好說多數了，誰一個個數過來！」

說著，回過臉去，找黎漢，發現他索性離開座位，走到窗前，又開始跟阿素糾纏了。需要對姜立恆說的話彷彿已經說完：剩下的，卻是要對黎漢說。尤丹初這才叉了第一塊點心，一邊吃，一邊對窗邊帶幾分焦急地望。

「咖啡怎麼還不好！看看去啊。」

黎漢似乎沒懂得這是為要把阿素調遣開去。他讓阿素走下樓，自己把腳尖一旋，回過身，站在椅子背後伸手抓起一塊奶油糕整個兒往嘴裡塞。尤丹初不想失去這機會，嚥了嘴裡的東西，正想開口，卻不料黎漢猛然想起了什麼，倒先滿嘴含糊地大聲嚷：

「這一回事情成功了有幾個教員可非停不可！」

「你說那幾個？」

「第一個就是徐老頭子。」

「怎麼你倒想起他？那傢伙萬事不管，沒點兒作用的。」

「我就是討厭他。」

姜立恆就笑著夾進來：

「是因為老黎自己跟他鬧了彆扭啊；就在剛才……」

「你別說，你別說，」黎漢搶著要自己說，「他故意要找我搗蛋，今天也不是頭一次！」

怪不得剛才教員休息室裡看到徐子修是那副滿肚子不痛快似的怪勁兒，尤丹初悄悄地想；可是他卻無心追問這事情的經過，「他那副老氣橫秋的樣子的確怪討厭的，」只這樣敷衍一句，便接下去說，「這小問題慢慢談，我說，黎……」

「你說徐老頭子不能動嗎？」

「遲早總會動的，不過他多少在舊校友方面有點信仰，而且二十多年了。」

三

「那不成，這一點辦不到我還幹什麼！」

「你總是這樣急！這一點小事情一定要辦還怕辦不到，不過慢慢來；那傢伙就是脾氣壞，其實一點不中用的——我說，現在重要的倒是又要勞你到你姊夫那兒跑一趟，請他多招呼幾個校董。」

「那容易，要他寫幾封信就成。」

「容易是容易，你可別一天兩天地懶下了。」

「幾時去呢？」

「最好就今天去。」

黎漢搔一搔頭，卻答應不下來。他不久以前剛巧約好阿素下半天帶她出去玩的，想不到給這麻煩的事情來打了岔。正遲疑著，阿素端上了咖啡。

「呵，總算來了，我還當真要叫我們等到夜裡呢。」

姜立恆枯燥地俏皮著，卻沒人接下文。

那女的也不響，先是安分地在兩個人跟前擱了咖啡，下了糖，然後挨到黎漢那邊去，卻不動了。

「怎麼我沒有呢？」

「難道自己不生手的，」作痴作呆地要他自己拿。

尤丹初一邊用匙羹調著咖啡，裝作不看見，一邊還是那麼鄭重地說：「黎，這事情總得你多負一點責，今天去一下拉倒，幾天忙過就沒事。」

「也好，」嘴裡這樣答，心裡想，捱到明天總不太遲。

「事情要說得詳細點。」

「當然。」

隨後黎漢笑著，伸手去拿杯子。

覺得再多叮囑也沒什麼意思了，低下頭，像對眼前人和人的動作不願意看見似地顧自己喝咖啡。尤丹初心想單靠這糊塗鬼究竟沒準見，打算自己去跑幾個地方，在手錶上一看，禁不住驚詫著，到這兒已經過一個鐘頭了。他從皮夾裡摸出了一塊錢，擱在盆子裡，並不對阿素，卻是對黎漢這樣問：

「夠不夠？」

那個對盆子一望，「隨便。」

又從口袋裡摸出了四毛錢，加上。「你們多坐一會，我先走了，」這樣說著，站起來，整一整衣衫。姜立恆跟著站起身，他也要走。

「那麼大家一起走吧，留我一個人幹嘛！」

黎漢還對那女孩子搗了幾句鬼，她笑，要擰他，他霍地把身子掙脫，站立著，嘴裡

三

又說，「你記得了沒有？」隨後也笑著，卻首先搶出門簾去。這裡姜立恆忽然又顯出了膽怯的樣子，挨近尤丹初一步，例外地稱了一聲「尤先生」來開始他的話：

「我托的，托的事情現在有沒有辦法？」

「不錯，我忘記告訴你了，」尤丹初突然記起來似地暫時停住腳步，站在那兒說；「先前說的那個地方恐怕困難，教文會裡弄個名目倒容易，不過比較差。」

「差不差倒不管了，只要……」

「比方掛名的幹事吧，至多不過三十塊。」

「這，這也好，總要請特別照應點，想個法子。」

「那自然，不成問題。」

卻聽到黎漢在半扶梯向上邊叫：「怎麼倒不來了！」

「好，我們下去吧，」尤丹初笑著說，「回頭老黎要疑心到旁的事——你那兩包東西別忘記。」

站起來的時候果然把那兩包東西忘記了，姜立恆有點不好意思地重新回到桌邊，拿著，穩重地挾在手臂裡，在阿素沉默的目送下掀起門幃，趕上幾步，跟黎漢一起走下樓梯來。到半扶梯尤丹初又對姜立恆叮囑了一句：

「你要隨時催他快去的。」

三個人正走下到小吃店門口，就猛然看見有一對男女一起在那條多灰土的路上走過來；他們雖然同走，左右間卻隔開了好多距離，男的空手，倒是女的在腋下夾著一大疊的課卷。尤丹初認識是史地教師兼初中部主任的樊振民；女的並沒有正式會見過，卻知道就是剛才說起的徐老頭子的女兒，附小教師徐守梅。他似乎想縮回去，來不及，已經被對方看見了，互相都有些顧忌似地約略點一點頭。那三個故意把腳步放緩，等他們走過，而且走遠了，尤丹初才回過臉去對兩個學生說：

「怎麼會剛巧碰到他的！這個人我知道，你們要留心點兒。」

於是他揚著手，遠遠地招呼了一輛洋車過來。

四

飛快的車輪子掀起了灰塵，從後面趕上來打身邊滾過，在道路中央走著的樊振民急忙避到一邊，屏住呼吸，把眼睛暫時閉著。等熬過這場風沙的迫害，重新把眼睛張開的時候，尤丹初的背影已經在前面慢慢縮小了。他抖一抖長衫，心裡也正想起，怎麼剛巧會碰到他們，順便回頭望，望見那另外兩個已經轉進校門去。他稍稍挨近了徐守梅輕輕問：

「那個人你認識？」

「我是一個也不認識。」

「我剛才說起的正就是他呀。」

「就是他！是其中那一個？」

「坐上洋車的就是；另外兩個是學生，可不知什麼名字。」

「啊，」茫然應著，徐守梅懊悔剛才不好好留意一下，她還沒有認識得清；再前後望望，已經來不及了。停一會，她緩緩地說，「你預料他們在學生方面一定有聯絡，現在可證實了，看他們那副鬼鬼祟祟的樣子。」

四

樊振民默然。預料底證實彷彿在那向來那麼明朗的前額上開始刻劃了思慮的縐紋，顯出迷惑的神情來。這還是一個歲數估不到二十六七的年輕人，生著一對銳利的眼睛；這眼睛慣常會給予一種爽利而堅決的印象，此刻卻稍稍有點凝滯了。午前的陽光照在荒僻的道路上，照在兩邊的菜地上，蒸發出了泥土的氣息，逼出了人臉上的汗珠。他那麼無言地走；為要不要在趕不快的同行者前面，腳步是下得那麼慢，一邊悄悄地沉思。可是他們兩個人卻還照舊隔開得那麼遠，似乎時時都意識地保持著性別之間應有的距離。

走了一程，倒是那女的先耐不過沉默，她遠遠地問：

「我們究竟需不需要有點態度呢？」

不知怎的，這突如其來的問題卻使樊振民感到她天真起來。他在想著的那裡還是需不需要有態度的問題；問題是：怎樣行動！這實在差得太遠了，他對她望了望，也有點兀突地笑著答：

「你真是你父親的好女兒。」

「怎麼？」

「不過也多少有點不同，」沒留意到對方底詫異，顧自己說著，「你父親其實是對什麼都有他不變的態度，可是自己並不知道，你呢，根本沒有。」

這話是什麼意思啊？徐守梅不懂。不過那略帶點取笑的意味是容易明白的，她有點生氣。她不再追問，他卻是打算等著她的追問再詳細替她解釋。沒有話了，又沉默著。樊振民望著她，發現了那種嚴肅得過火的氣色，也開始感到自己的話說得太彎曲，份量也太重了一點。他又一次稍稍挨近去——

「生氣了嗎？」

「沒有，」平淡地答。

她又特意讓開幾步，保持原來的距離。

走了這一段路，陽光似乎顯得更蒸熱了；他看到她明淨的臉上泛出紅暈，還微微喘著氣，左手似乎已經吃不住一大疊課卷底重量，換到右手。

「我來替你拿吧。」

「不要。」

「你累了，這兒沒有人看見哪。」

徐守梅這才轉嗔為喜，頰上露了露笑渦，把課卷讓樊振民接了去，一邊說，「知道說話傷觸了人嗎，卻又來討好！」

「也不是有心傷觸你的。」

「真不知是什麼道理，你前幾年並不是這個樣子啊！」這一回她讓他挨近著，不再避開，而且她已經走在道路的極邊上，要避也無可再避了。她只是悄悄地想起往日，想起

四

樊振民還在這同一個德生中學當學生，時常到父親寓所裡來走動的往日，那時她和他之間的友情正慢慢達到成熟，她和他之間的談話，通信，也從來不會發生些微隔閡的。可是現在，她略帶幾分感慨地說下去，「自從你到日本去溜了幾年回來，也許你自己並不覺得，說話常是這麼奇奇怪怪，叫人根本聽不懂。」

「這是因為你自己不了解我現在的思想。」

「還這樣說呢！如果你現在真對什麼事情都比我懂得多，你應該仔仔細細，明明白白對我講，讓我也懂得。」

「我不是時常對你講了嗎？」

「講是講，總不透澈啊。」

的確，徐守梅近來時常感到一種更能夠了解他的需要；近來，他們雖然還照樣地熟悉，親近，可是精神上的某一種東西卻彷彿慢慢在疏遠著。她覺得自己是能夠把先前存放在頭腦裡的東西都一一騰空，等他把新的東西放進來的，可是就在這一點上他都使她失望。他永遠顯得那麼忙亂，就連空下來的時間都像在心裡想著旁的事，沒閒暇的心情來滿足她無形中的要求。這樣想，她不自知地輕輕透了一口氣。

樊振民是懂得了她心裡在想著什麼事；他抱歉似地對她看，他自己也知道有時候確實缺乏那一種把什麼事都對她詳細解釋的熱忱。可是這一回卻並不。「我正打算對你講，你自己先來嘔氣，」他和順地辯解著。

「現在才這樣說呢，剛才只顧著取笑人。」

「不過隨便說說，誰有心取笑你！」

「好，那麼你說吧。」

經這樣太鄭重地開了一個端，樊振民倒真覺得一下子不知道應該從那兒說起才好；一場輕便的談話像是成了上課，成了演講，他倒需要先整理出一個頭緒來。稍稍停一會，他才說：

「這事情第一步當然要先明白各方面的內幕。」

「你剛才已經說了。」

「清楚沒有呢？」

「說過當然清楚，我又不是笨人！」

「那很好。第二步，比方，我們就要想到應不應該對付的問題。自然，我們對王校長也不能同情：他不但私德差，三年來對學校方面也只有壞的成績，我們要替他說話都無從說起的。不過那另一方面，他們如果真攬進人來，那無論如何一定是更糟，比以前更糟得多——」

「你知道他們一定會攬進人來？」徐守梅插嘴問。

四

「那自然，否則他們鬧什麼！」

「不過他們還沒進來，你怎麼能斷定糟？」

「你只要看旁的那些地方底成績。」

「說不定這次不同。」

「唉，這一點你怎麼這樣不了解！我對你說——」

正這樣說，卻不知不覺地已經走到了徐守梅的家門口；他們都吃驚地感到今天這條路程怎麼會突然變得縮短，彷彿剛離開校門說不到幾句話就已經到了的樣子。樊振民只好把話和腳步同時停住，「怎麼，還是到裡邊去坐一下吧。」

「……」他在想起已經支配好了的時間。

「還有要緊事情？」

「要緊是不怎麼要緊。」

「那為什麼不肯去坐坐呢！」徐守梅一邊在扯著門鈴上的繩子，一邊說，「你說了一半怪難受的。」

「也——好——」遲疑地答應。

五

屋子雖然在直達學校門前的那同一條大路上，往常來去，步行卻也需要一刻鐘以上的時間。是由竹籬笆圍著的三間平屋；籬笆中間的木柵門比較凹進，像故意躲藏著叫人不容易找見似的。門鈴叮咚地響了，好一會，從裡面走出了一個態度麻木，步履蹣跚的女佣人，替他們開了門進去。這院落，因為校務的煩雜，樊振民已經有幾天沒有來到過，不想到在這煩雜之中，春天已經悄悄地不見，盤結在籬笆上的兩三株薔薇只剩下深綠的葉子，角落裡的一株低低的石榴卻正在開出火紅色的花來。初夏，陽光在彩色裡映照得那麼耀眼，叫人一進門就有心曠神馳的意味。他們經過院子，走上堂前。屋子底構造和陳設雖然都那麼簡單而樸素，但在這地方卻並不是定要華麗的皇宮才是會叫人迷戀的去處。樊振民把一大疊課卷擱在茶几上，轉過身，有意無意地對院子一聲不響望著。

「你坐一下呀。」

徐守梅拿起課卷，走進側邊自己房裡去。

他可並沒有坐，只站在兩步坡級上面的廊檐邊等待。突然間，他像得到一種瞬間的恬靜的感覺；他彷佛意味到這地方每一立方寸的空氣都跟自己一路想著的事情不能調和。這地方有的是和平，有的是退避的情趣，在這樣的環境裡叫人怎麼會理解人生乃是鬥爭呢！

「太遠了，差得太遠了。」

他在心裡對自己這樣反覆地說，像在受考試的時候臨到困難的題目般躊躇起來。

不一會，徐守梅從側邊房裡走回到客堂間。她態度像是顯得比剛才在路上一起走著的時候生動了些，沒那麼嚴肅，沒那麼像對誰抱怨著什麼似地嚴肅了。她跨著輕快的步子走到他身邊，這樣說：

「已經十一點半了，在這兒吃了飯去吧。」

「怎麼，這樣遲？」像有點詫異。

「反正上午也做不了旁的事，一準吃了飯去。」

樊振民自己把時間又安排了一下，就也不再推辭，只用無所表示來表示了同意。他一轉身，像打算在那兒案邊坐下去，女的卻對那幾張椅子一看，彷彿嫌厭著在堂前那麼莊重地對坐起來的形勢，就隨手拖起兩把輕便的籐椅，拖出到戶外的廊檐下，一邊說，

「我們還是這兒坐吧，可以隨便些。」

於是，隨便地跟到廊檐下，就在一張籐椅上坐了；她卻並不坐，讓自己站在那另一張椅子背後，手腕扶住了椅背，靠著。

五月的陽光已經慢慢地往南移，正午，晒不到廊檐下來，只是那種耀眼的逼射卻會叫人想起行將來到的繁盛的夏季了。樊振民先是對她看，隨後又對院子看，像是一時間找不出什麼話來說。

「你瞧，我們這院子布置得比以前更好了吧。」是女的先說，說時伸手向外邊畫著圈子。

「好，」輕輕答。

「不過你是不大喜歡花草的。」

「你們才有這樣舒齊的心境哪。」

簡直帶著些感慨的口氣了，說過，像還不能領略這小庭的清趣，他只是照舊浸在沉思裡。好久，才把頭稍稍抬起，有點突然地繼續說著：「你真是受你父親的影響太深了，而且環境也太好。」

這話又勾引了已經開始散漫的注意，她不聲，卻是一副問著「是什麼意思？」的臉色。

「據說也是當然的事，原是他這樣一手教育起來的。」

「你指的是那一些影響啊？」

「這種淡泊的心境，這種獨善其身底人生態度。」

五

「能夠人人都如此，世界還怕不好！」

「瞧，這就是完全是你父親一樣的口氣了；能夠人人如此固然也好，可是事實上辦得到嗎？」

「大家不去辦，當然辦不到，譬如你……」

樊振民輕輕笑了，不等她說完就接上去，「自然，我也同樣是你父親一手教育起來，我本來也照他，也照你一樣想。不過我環境沒你那麼好，什麼事情都沒你那麼順利，對生活的認識是要從生活上碰出來的。」

停頓。女的像沉思似地了嘴唇，忽然改變了把手腕靠在椅背上的姿態，繞過來在椅子上坐著，卻把兩條腿平伸在走廊前面的花架上。她多少顯露了一種失望似的神情。「對生活的認識是要從生活上碰出來的」，這樣說，如果未來的日子居然照她所理想的那麼平平穩穩經過，她就一生一世沒有認識生活的可能了嗎？對生活著這不要緊，而且她將一生一世沒法子明白他是在想些什麼事情了嗎？這使她恐慌，甚至使她有點難堪了；她是多麼渴望著能夠進一步了解他的！她稍稍側過臉，發現他也是剛要說話的樣子，卻停住，讓她先這樣迷惑似地問：

「無論如何，獨善其身你能說不好嗎？」

「不是說不好，不過這樣，總……」

樊振民也感到不容易一下子用簡單的話來把這意思認清楚，不過他總得說；隨口噏了一口唾沫，他接下去：

「總，總還是不對呀！世界上事情是這樣的：各方面都互相連結在一起，在一個方面著力，不中用；倒是如果一方面糟，那就會把什麼都帶糟：我們對什麼都不能局部地看，要把世界上一切事情都連起來看。」

「你能看得了這許多？」徐守梅不信任似地笑著。

「自然，」那個倒顯得更嚴肅起來，「只要有一個整個的世界觀，就什麼問題都會迎刃而解。」

「對什麼都該有一個先入之見嗎？」

「是的，只要這見解是不錯。」

她又沉思起來。

「這且不管，我問你，比方說，教育這事業是不是對社會有益的，是不是一定需要的？」

「自然是需要。」

「那麼專心辦教育，可不就做了對社會有益的事？」

「問題是在你專不專得了。」

五

「旁的什麼不管，那自然能專心。」

「如果社會各方面都糟，教育就會連帶著幹不好的。」

「那麼爸怎麼好好地幹了二十多年？」

「這」，樊振民經這問難倒也稍稍感到棘手了，他口齒帶點模糊地答，「這倒的確是一個極大的例外；我說過，你們是環境太好——不過，不過這一回的風潮恐怕就是一個試驗了：如果那班人真打進來，拿校務糊七八糟地一攪，他還能好好地幹下去嗎？我能料定的，人家就不讓他走，他也走了，不信你看著。」

「你成見總這樣深，人家沒來就先一概抹煞。」

「我對你說過，成見是應該有的。」

「可總得有根據。」

「根據自然有，旁的不說，只看他們的動機就夠，」說著，伸手把自己的頭髮往後抹了抹，更注意地讓眼光釘住對方。「他們那裡是像你父親一樣專心辦教育來的：他們無非是搶一些地盤，製造一些飯碗，來安插自己的黨羽罷了。這樣的動機還會有什麼好的結果！不但如此，你知道他們是主張把未來的青年教育成怎麼個樣子？這不但我個人在主張方面根本不相容，就連你父親，他也一定看不慣。這班人無論在什麼場合都跟我們站在敵對的地位。」

徐守梅像讓他盯視得有點不好意思，她俯下身去，無聊地替盆架上的月季花摘掉一枝枯殘的花柄，一邊問著：

「你說該怎麼辦呢？」

「在應該鬥爭的時候而不鬥爭，那是一種懦弱。」

「那不等於跟人搶飯碗嗎？」

「也不能這麼說：如果知道人家攪起來會比自己好，就該讓人；知道人家不成，就不能給隨便奪了去。」

「你真會說話呀，什麼都有道理的！」

嘴裡雖還有點不肯認輸似地這樣說，心裡卻確實開始覺得他的話也多少有幾分道理了，可是她卻有一種在已經被說服了之後還故意要違拗著底孩子氣，特別是在意識到自己比對方渺小的時候。她詰難著，不像先前那麼自然地，而是用故意想出來的話。

「你也不過是空說罷了，」停一會，帶著渺視的情態說，「要抵制，你也沒有具體的辦法。」

樊振民胸有成竹地從鼻子裡笑一笑——

「沒學生看他們辦得了學校！」隔了好久才答。

「你打算這樣攪？」

五

「自然要到不得已的時候。」

「你說人家利用學生做工具，你自己也一樣嗎？」

「這完全要看帶他們去幹的事是不是正當，比方說……」

正說著，木柵門上的門鈴忽然響了起來，把話停止，兩個人同時抬起眼光，卻已經瞥見了柵門外徐子修隱約的側影。女兒答應一聲，趕忙站起來，過去開了門，沒說話，只讓他緩步地走進院子。這邊，樊振民也從籐椅上端端正正站起身。

似乎走到很近才發現家裡有客，稍稍停住，隨後才很平常地微微點頭，順便低聲問了一句：

「振民，你剛來嗎？」

「來了也有好一會了。」

站定在那廊檐下，像禁不住步行回家的疲勞般顯得輕輕喘氣，臉上還蓋著一層淡薄的陰沉底氣色。這氣色女兒馬上就發現了，她也不問什麼話，看他像陌生人似地向院子四周望一望，彷彿要說話，終於隔了好久，才輕輕加上一句：

「你們坐吧。」

就顧自己走進屋子，轉到側邊自己的書房去。

老的回來，卻頓然叫兩個年輕人無意中在行動上加了幾分拘束。他們並沒有再去坐在那廊檐下，更沒有繼續剛才的談話。徐守梅開始把籐椅子收拾到原地方，看了看鐘，顧自己忙著關照開午飯，卻把樊振民一個人剩下在堂前。他沒意思地站了一陣，又踅到徐子修的書房口。

發現徐子修凜然地坐在一張旋椅上，吸著到處都準備好的自己手制的煙，猛然感到驚訝了，他開始趑趄，似乎想縮回，但已經到了門口卻終於只好走進去。

「坐啊。」

樊振民揀一張凳子坐下來。

往常，就是在各方面都平靜無事，徐子修也會在小小的生活範圍之內找出許多題目來跟他談的，今天，卻只目不轉睛地向他望著，顧自己抽菸，好久都沒有一句話，彷彿對眼前的事變有一種顧忌的，不願意談起。在有那麼一種特殊關係，從來就那麼親暱著的老師跟前，樊振民倒顯得生辣辣的了；他也沒有說話。兩人相對默默，直到徐守梅過來招呼了午餐。

父親那一分性子只有女兒是明白的。顯然有什麼事不對勁了，可是她知道愈是詢問或勸慰，就愈是會把他弄得燥怒起來，每當這樣的情形，只有讓他自己慢慢想開去，過了一天兩天，慢慢平復，那才是唯一的適當辦法。

默默的餐時過去，她才悄悄地問了一句話：

五

「爸，你覺得累嗎？」

「有一點。」

「到床上去躺一下，好不好？」

「不要緊，不要緊。」

稍稍皺一皺眉頭，像不願意任何人來關心他似地就顧自己站起身，還是回到側邊書房裡，抽開左邊抽斗，開始捲著煙。提到累，果然覺得像有幾分累了，他並不再坐在慣常的書桌邊卻揀了那張舒適的搖椅躺下身去。

六

搖著，搖著，徐子修好久都沒有從那張搖椅上站起來。短短的煙枝早就抽完了，讓兩條手臂麻痺了似地垂在靠手外面；頭微微仰起，像在看天花板，事實上卻並不看見。那地方是靜得使他只可能聽到自己那永遠塞住的鼻孔裡的聲，以及從外間傳來的輕手輕腳把餐具收拾了去的聲音，兩個年輕人低聲低氣說著話的聲音。說著什麼話他是聽不到，但不是從聽覺，他卻留意到是在說著自己呢。

說徐子修果真為著當天這小小的糾紛而竟這樣整天地抑鬱著嗎？這卻似乎就連他自己都不敢十分相信的事。幾天來，甚至可說幾個月以來，他早就顯得多少已經不是二十多年以來的平常樣子了。這縱然沒有影響到他那永遠不變的生活規程，卻到底在規程之外的生活上造成了一些難以覺察的變動。他常常像是疲倦。說疲倦，老年應該不會在一朝一夕之間來到；還不到五十的年歲呢！只在一年半載以前，他還是那麼對眼前生活的一肢一節都感到無庸置疑的興趣，彷彿不知老之將至，突然，這種興趣，這種對生活的熱忱是零落下來，像殘春的花瓣，掉了一片接著就是無數片，禁不住幾天風雨就只剩下枯枝了。原因呢？他不明白，他也像衰憊得沒勁兒去想起它，只讓自己乾燥地躺著。

六

女兒忽地出現在書房門口，站著，躊躇地沒進來；他把眼光稍稍往下移，看她用手指掠一掠鬢髮，要說話而中止的神情。要說什麼話他能夠猜得到，而且猜到怕他不願聽而沒有說出口，他這一回像不忍再叫她為難似地倒把答話提前說：

「我沒有什麼，你儘管上學校去吧。」

「爸——」

「不過有點兒累，不要緊。」

「還是多歇歇吧，這幾天臉色很難看呢。」

父親沒答；可是他那態度顯出了他現在需要的不是安慰，卻只是孤獨。女兒站一會，只好說一聲「我去了」，正想轉過身，他卻想起來問：

「振民呢？」

「他先走了，他說回頭再來看您。」

「我又沒事，他又忙，再來看我幹什麼！」低聲喃喃著；隨後就點一點頭，「好，你去吧。」

在真正的孤獨中倒像放寬了什麼似的心稍稍開朗了。等門鈴一陣響，等跟出去的女佣人關上門回進來之後，就連低聲低氣叫人疑心在說著自己的話聲都不再聽到，那地方的靜默是完全了，徐子修倒才漸漸變得活動起來。他先是把兩條腿疊著，抖著，終於，移上兩條低垂的手臂，竟從搖椅上撐起了像臨時加重過幾十斤的身子，站著了。害病嗎？累嗎？他在屋子裡帶試驗的意味走了幾步路，開始感到剛才那種沉重倒是自己的心境給加上的份量，其實他是什麼也沒有啊。要是女兒真當他害了病，跟他一起守在家裡，那倒說不定真會害起病來，還要叫人攙扶著躺到床上去呢。這樣想，他禁不住從鼻子裡笑了一下。

彷彿要替自己證明健康，他走到窗前，拿米黃色的幃幔稍稍扯開了一些，讓陽光也帶著健康的色澤，成了由窗槅割成的一些斜方的立體，射在書臺上，射在地板上。他看到無數從來不被看見的微塵在陽光裡輕輕地飛舞；沉靜中，甚至連微塵都有了嗡嗡的聲息了。他沒有打算再在書臺邊坐下去，空洞洞站了一陣，把左右手的指節互相捏著，叫它們格格地響，讓這聲響來抵擋沉默所帶給他的無所依據的感覺。

他終於還是得不到要求孤獨的人所應得的平靜。

「做人哪，做人……」

沒有結局似地說著，對住陽光，正茫然於怎麼處置自己的時候，他霎那間便感覺到有人向他飛過一絲嘲笑似的眼色來，這眼色彷彿在對他說：

「你到今天才懂得做人嗎？」

受驚了似地向四邊找尋，屋子裡除了自己之外還能有誰躲藏著呢！可是感覺卻那麼

六

真切，使他再不能相信是受了什麼幻影底欺騙。他把眼光從門口移到窗邊，又從窗邊移到牆上。

牆上！一點也不錯，那把他嘲弄的人是在牆上！驚愕更加大了，眼光終於在牆上那幅亡妻的遺照邊停住。

至少有七八年，亡妻就從來沒有移動過她那牆上的地位，而且像故意躲在一個不願意時常來打擾他的角落裡，讓自己在一天天的塵汙中慢慢黯淡，以至消沒，有時竟會終年累月不跟在同一間屋子裡的生前的丈夫打一個照面的。跟生前一樣，她只是七八年地冷眼旁觀著那拗執而又倔強的男子在興抖抖幹著他所愛幹的事；可是，到七八年以後的今日，正當第一粒失望底種子在那穩定靈魂裡抽出芽來的今日，她卻竟生前都沒有敢這樣過地向他挑撥了。

徐子修禁不住向那照相走近了幾步，抬起頭，茫然望著。只生下兩胎兒女就在中年亡故了的妻在照相裡自然要比現在的自己年輕得多，她又的確微微在笑著，卻顯得只是一種落寞荒涼的笑，不自然的笑，裡面是蘊藏著無限生世的悲感。這在徐子修似乎最一種從來沒有懂得過的經驗。如果說，他到四十七歲的今天才開始意味到人世的淒寂，那實在是太遲了。在少年時代，他已經是那麼孑然一身，沒有父母，沒有弟兄，只靠一位遠嫁的姊姊在相隔千多里以外遙遙地把他照應著、培植著。不過這可憐的境遇卻只替他造成了那一分像頑石般誰也不能轉移分毫的性子；雖說自己製造的人總往往永遠是自己的主人，他卻把這特點發揮到近於怪誕，近於冷酷了，有時竟是自己發現了的錯誤若經人提醒都寧願錯誤到底的那種僻性。正為了這僻性，當他那唯一的男孩子在十四歲上天折，不到幾個月，妻子也跟著亡故之後的那不幸的幾年中，似乎該有點寂寞的生世之感了，他卻僅僅因為旁人的勸告太殷而拒絕了續娶之議，寧願把十二歲的女孩子的寒暖起居交託在一個在當時就已經半聾半啞，但至今還被主人認為是忠心底典範的女僕手裡。

說徐子修對自己家人根本無關心倒也未必；那幾年，他也曾把女兒的塑造視為在學校職務之外第一件大事了。幸喜阿梅遺傳到的並不是父親頑石似的根性，而剛巧是母親那種任憑你捏圓捏方的柔和，要叫她把父親認為生活中唯一的上帝是容易的。這情形供給了一個跟那夭折了的男孩子的對比，又多少能夠給予做父親的一些安慰——

「像豬一樣不受教誨的男孩子有什麼用啊！」

這成了他自己慢慢製造出來的，無需乎再有男孩子底重大的理由，他時常把這理由對自己反覆說著。

尤其是因為跟女兒的對比之外，再加上跟樊振民的對比，他對亡兒的記念是更變得冷酷了。正在他家庭中遭到最大不幸的那一年，那個像跟他有著注定的緣分的少年人是從初中升入了高中，第一次把名字登入了他的點名冊；年齡只比自己的阿梅大三歲，卻

六

不久就用似乎大到三倍還不止的懂事底程度引起了他的注意。更奇怪的是，出身和處境也像跟自己的少年時代相彷彿，一樣地勤勉刻苦，同時還暗暗發現了遠超過當初的自己的聰明。對這生徒，徐子修像是發生了某一種慾望似地時常會把他引到家裡來，關心著他的思想和舉動，會幾小時不厭倦地跟他講說著課程以外的事；當他臨畢業那一年，忽然提出了因學費不容易籌措而打算輟學的話的時候，他又馬上就感到父親式的義務，毫不遲疑地答應了幫忙。

第一次的幫忙使樊振民稍稍驚慌著，而且是帶幾分勉強才接受的；一等到學年終了，他也有了小規模的自立底能力的時候，他就留意著將這些幫忙陸陸續續當做債務似地歸還。

可是漸漸，這一對師生間的關係，是不但他們自己開始明白，就連守梅也明白了。有一些事情差不多已經成為當然的；縱然他們三個人誰都不聲不響，卻連那女孩子都會帶點心跳地想起來，悄悄地安排著未來的日子。因此，第二次又由這位膝下無兒的老師不讓人知道地供給著到日本去就學的那幾年，樊振民就對什麼幫忙都毫不遲疑地接受了。

日子像水一樣平穩地過去，樊振民離開之後的這一對孤寂的父女也並不懂得孤寂是怎麼回事，只是一空閒下來，就等著他的信，等著他答應時時寄贈的零星生活的照片，最後，等著他回來。（這其間，徐守梅也從一個女子中學裡卒了業，走上了父親替她一定不移地安排好的粉筆的前途。）

還有半年呀！

還有四個月呀！

還有三個月呀！

在還有三個月的時候，徐子修是破例地稍稍忙亂了一陣子，他去找了幾回閒常難得到校的，而自己也從不去找的校長，結果是直到出發去接船的前一個星期才講定了樊振民現在擔任著的這職任。

那一天，女兒換上了一身新衣服，父親卻照舊是那一套大褂子，兩個人幾年以來第一回從學校裡請了假，不倫不類地在碼頭上鵠候了一個多鐘頭，直等到見著了那個渴望幾年的人的面，父親就把三個月以來辛苦的活動的成績報告著，女兒又說起三個人居然分成了三等級在同一個學校裡的難得的機緣的時候，樊振民卻無所表示地沒說什麼話。樊振民可能已經替自己準備好另一些在他是更適當的前途的，不過，即使在一位真的嚴父任性的處理下他都可以提出不同的打算，而目前這情形倒使他只好像順受命運的支配般默默地承認。當時他那種有幾分不自然的態度是沒有被發現的，只是，一種感到人與人之間的這一類關係漸漸顯得反成為自己當前的一些障礙似的自覺，在日常的接觸中卻沒有法子長期隱瞞下去。這位不自知地有著最大的支配欲的老師，他永遠也不能懂得自己所一手提攜起來的生徒是已經到了能夠自己思想，自己行動的年齡；而一切他能夠從感情上幾乎可說是虔誠地接受的關心，他從理智上卻在暗暗地拒絕，抵抗：這種精微的區分也是老師所從來不能理解。

徐子修是這樣不知不覺地走到了精神生活的危機邊，再加上那種校務方面的不安，（這不安像一個蛀蟲，開始在把對職務的熱忱和興趣一絲絲地蛀蝕，像一個慢慢空了的堅實的果子，最後也許會只剩下一個皮殼徒然地美麗著）便時時感到眼前的一切都在零落下來。幾個月、他連自己都說不出所以地覺得倦憊，衰乏，以致到幾個月之後的今日，那幅極平凡的亡妻的面影都會使他陡然間感到空洞，荒涼，使他好半晌地對它呆沉沉看著。

看著，看著，妻在照片裡像更靈活起來，先前那種諷笑永沒有離開過她嘴唇，卻反像更富於威脅意味了。妻憑什麼來嘲弄他呢！他倔強地辯解；但他卻從茫然變到恐慌，他意識著要逃避。妻簡直是在責難了。責難他為著一個到底要變得無所有的事業幻想而在她生前對她吝嗇了所有人生應有的享受嗎？不錯，他猛然想起了為怕對職務分心而在結婚後還離居著，寧願把自己關在一桌一榻一椅的宿舍裡的那種生活。不過他自己可不是同樣地苦心忍受著嗎？他還是倔強地辯解。

終於像激怒了一樣把眼光從牆上移開，甚至像在妻生前一樣不願意跟她同處於一間屋子裡似地茫然走出書房來。到堂前站定了，對住院子，對住滿院子的陽光，閃耀的逼射使他一時間皺了眉眼，皺了嘴唇，顯出一種不屑著什麼似的神態。

「這是一點道理也沒有的！」

自己努力寬慰。

他想像這不過是一時間體質上的虛弱所引起的精神恍惚，事實上並沒有一點兒必要，沒有一點兒根據，在他四周是一切都沒有變動，也沒有變動的徵兆，只自己的虛弱把徵兆召了來。也許真老了；雖不到年齡，可是積瘁之身到這時候多少會跟平常人不同吧。他彷彿想起了休息。他端過一張籐椅，在廊檐下坐著。

說人生是服務，那麼他也可以算是盡了他的本分，將來到該讓後一輩接上去的時候了。也許剛才在盛怒的刺激下偶然觸發的不幹的決心倒是最適當的辦法；至少，從下學期起，他也該減少一些鐘點，別再是上到最後一堂課的時候氣吁吁地連話都幾乎說不上來。他當然還可以在這地方住，看那一對年輕人早出晚歸，一起過著平靜，愉快的日子。（他相信樊振民遲早會搬進這屋子來的。）省下的時間他可以多看一些書；或者就多弄一些花草，把這不算太小的院子布置得更稠密起來。他對花草從來就有著似乎是天生的愛好，往常，怕太耽誤時間，他總在「玩物喪志」的自制之下抵當著好多次的引誘。以後的情形可以不同了，這樣一刻不放鬆自己的緊張將成為沒有多大必要，到這時候才

六

向人生取得這分酬報也不算太過吧。這樣想，他把眼光抬起來，慢慢地向院子四周審量了一遍。院子裡餘地還多著呢。那左邊的空隙不妨搭起一座花棚來填補，給攀上些葡萄；也許還是薔薇或是紫藤好，葡萄是不開花的，而且要三年才結果。要不然，葫蘆，北瓜之類倒更富於田舍的風趣。至於那花坪上自然該植些珍品了：臘梅，山茶，就是最難伺候的蘭花也不必限制於這三兩棵……

蘭花，想到蘭花他忽然記得那幾株梅心自從開過花，給移植到了花坪陰面的石縫裡去之後，他彷彿已經好久沒有見到了，不知可長了新的葉子沒有。想起來，他就像刻不容緩地有了去探訪一遭的渴望。他站起來，走下坡級，沿花坪繞過去。他找了好久，可為什麼一下子找不到呢！

他蹲下身，才發現那幾株孤高自賞的蘭花已經沒在一些野草堆裡，別說新葉子沒有，舊的幾瓣也顯得枯焦，而且還結滿了蛛絲。

「叫她留心的，倒留心成這個樣子嗎！」

皺一皺眉毛，在心裡這樣地把女兒埋怨起來。

除了自己動手還有什麼辦法呢！他把身子更蹲得低一點，捲起了袖口，用那種不熟練的手勢開始拔著草，卻不料剛拔上幾手，就讓野草生的刺毛觸痛了掌心——

「該死的！」

他更沒來由地自個兒憤怒起來，自己看著手掌，只好把拔草的工作停止了。讓它照樣留著，叫她回來自己看看吧。下了這殘酷的決心，他寧願讓那幾株心愛的蘭花在雜草堆裡再委屈幾小時，可以叫瀆職者看到自己底過失俯首無辭。他站直身子，看了一陣，終於像怪不舒服似地走開了。

照他的性子，別說珍貴的蘭花給這樣糟塌，就連在他那一片土地上無關緊要的地方偶爾多生一兩株他所不願意的小草來，都會使他皺一下眉頭的。他不高興，與其說是對於這小草本身，卻還不如說是為了別人沒有遵照他的意志時時刻刻留心著，沒有在不讓他看見之前就拔掉。尤其是對於自己的阿梅了；他似乎要求著這不但要成為她的責任，而且要成為她的興趣，原因是他自己對這有興趣。往常，每碰到這樣的情形他就會把阿梅硬生生從房裡叫出來，無論手頭有什麼工作都得暫時放下，先把他所關照要拔掉的草拔掉再回去。可是今天的情形還能說嗎？剛才那種好容易才自己排遣開去的惱悶又加重了分量回來；那種他努力相信不是的情形卻更顯得清楚而且具體，彷彿只怕他認不真似地特意來提醒他，刺激他。

「她近來真完全變了，以前那兒是這個樣子的！」

從草坪邊慢慢踱回來，一邊想著。

近來，顯然是樊振民回國之後的近來呀！這是真相，這是對自己都不能再哄騙過去的真相。他很清楚樊振民對花花草草根本沒有一點興趣和愛好；但是那傢伙卻有這樣的力量，會叫自己底女兒都把原來的心性失掉了。

六

一想開，近來一些輕易不敢想起的枝枝節節的情形他都一下子勾到了記憶裡：跟他們說話是似是而非沒有誠意地回答，兩個人正在唧唧噥噥一看見自己來到就會突然沉默：諸如此類，他早就尖銳地意識到，卻偏偏意識地不願相信，可是現在，他還需要對自己隱瞞嗎？顯然的，眼前這問題還只是小事，他近來那一方面不意味到樊振民是事事跟自己背馳著，對立著，而阿梅又事事都若隱若現地在離開自己，漸漸傾向到那一方面去呢！「振民，振民，」他輕輕叫，這孩子究竟怎麼回事呀！只在半年前還把他當做自己身上的三分之一似地掛念著，卻一下子連另一個三分之一都給牽連得成了別人。總有一天，他們會明顯地違抗了他的安排，擺脫了跟他生活上以至精神上的各種關係，乾脆顧自己飛開去，讓他畸零地剩下，抱著破碎的心，讓他自個兒等著老年，等著死……

一時間憤怒又重新變成傷感了；他甚至覺得為著幾棵小草把女兒責罵都沒有什麼意思；她會毫不感到自己的錯，反覺得他在生是生非地挑剔。幾乎可說是生平第一次他感到孤獨，同時更殘酷地感到自己這樣節制的一生有點徒然。

「做人哪，做人……」

他又這樣毫無結論地自言自語。可是這一回，他像更看清楚眼前發生的是一些什麼事；他回到籐椅邊坐下，望住天，望住陽光，更把眉額緊皺了起來。

七

那一天，樊振民在徐子修家裡匆匆吃了午飯，自個兒回到他的住處，幹了一些瑣屑的雜務，還不到一點鐘，便又重新上德生中學來。剛進校門的時候並沒有發現什麼異樣，可是快走到那條把幾處建築連接著的長長的行廊上的時候，卻就看到了有許多人擁擠在揭示牌旁邊，亂哄哄的，簡直比等看籃球賽還熱鬧的樣子。學生宿舍恐怕把所有的居民都倒空了吧？要不然，那來的這許多人呢！再稍稍留意：不單是那揭示牌，就連那一帶行廊的每一根庭柱上都新添了不少花花綠綠的點綴；彩色的紙條，碗口大的字，「驅逐王仲實」，但除開替這名字安上的一些形容詞之外就沒有多大變化。顯然貼上了還不久，有幾條看得出連背面的漿糊都還溼著，料來至多不過半小時以前的事，卻已經造成這可觀的騷動了。

他望了一陣；縱然並不感到太新奇，他到底帶幾分好奇地向那人口最稠密的地點走近去。除了標話，揭示牌上還密密排排黏滿了新的布告，是鉛印的，那麼小的字體遠望過去簡直一點也看不清。他在那人叢的外圈站住，像打算擠進去看一看，但終於因身分底過忌而停止了。

嘈雜的人叢裡有一個認識的學生發現了他，回頭招呼著，還彷彿稍稍替他讓開了一條路。

「你們在這兒看什麼呀？」隨意地問起。

「看我們自己的宣言。」

「自己的宣言要到發表了之後才來看嗎？」

笑著，沒有答。

可是這幾句話卻叫揭示牌前面的好多人都把頭轉過來，看到他，一下子都也爭著替他讓路了。

「樊先生，你也過來看看哪。」

其實在樊振民，他此刻倒並沒有非得要把這張宣言馬上看一看的熱心；縱然不看，內容他已經可以猜得到。重要的，他卻是打算在這亂嘈嘈的人堆裡注意一些學生方面對這事變的反響和空氣。可是經這樣熱心地邀請，他就在那特意替他讓開的空隙處挨近了一步，抬起頭，很費勁地把那分布告的一頭一尾先看了看。除了那是用著學生全體的名義之外，他還發現下面原來印好的是四月二十一日，卻用毛筆加上了一勾，才改成今天這二十七的日子。（那班人內部也薄弱得很呢，一分宣言也會遲上一個星期才攬出來！）他一笑，又把全文似是而非地了一遍，就轉過身回出來，退到比較不擁擠的，揭示牌側邊的地位。

剛才那熱心地請他過去看一看的學生陳建功也離開人群，半有意地走到他跟前來——

「樊先生，怎麼樣？」沒頭沒腦問著。

「還用你們驅逐嗎？王校長已經走了。」

「我們是根本就不知道啊。」

「……」樊振民只笑笑。

陳建功停一會，等不到答話，便轉過身找到近邊的另一個同學問：

「你事前同意了沒有？」

「我也一樣。」

「簡直誰都不知道從那兒來的，全體！」他沒意思地站了一陣，四邊望望，又突然作著「媽的」二字底評語，甩手甩腳走開去。

可是一時間，樊振民四周卻又聚集了另一些生徒，成了把他包圍住的形勢，誰都昂著脖子等，彷彿誰都以為他會說幾句話的。他偏像故意不明白這種無意中的要求般始終沒有加添一句，只是悄悄地發現了一些離開遠遠的，向他敵意地偵視著的眼光；他仍是帶著笑，旁若無人地把眼光向無需注意的地方茫然移動，一邊就不知不覺排開人群，緩

七

緩走向自己的辦公處。

在議論紛紛的一路上，他可以偶爾聽捉到有人是像局外人一樣客觀地商討著那宣言給王校長加上的罪狀的虛實，也有人正指著一幅標語，非難那上面的「底」字用得不當，應該用「的」字，但主要的，他究竟發覺了對「全體」這名義表示驚愕或甚至憤懣的濃重的空氣。只要稍稍給予鼓勵和刺激就會動作起來的一分力量啊！他自己想起，可是他不打算在這還沒有多大必要的時候就性急地用到，寧願讓它潛蓄著，更強的壓力會造成更大的彈性，到那時候，就可能收到加倍的效果了……

一邊想著，不知不覺離開了三三五五的人叢，來到辦公處門口。是一個專為初中部而設的，需要從教員休息室的另一方面轉進去的房間，背後是用薄薄的板壁跟事務處隔開了的。他並沒有碰到任何同事，行廊上也沒有旁的人。他拿出留在自己身邊的那一枚房門鑰匙，一邊禁不住詫異著那地方的意外的平靜，正開進門去，卻猛然聽到從屋子背面傳來了一陣雜沓的腳步聲，像一下有許多人聚集到那事務處去的樣子。接著是一個帶痰音的，粗糙的嗓子在嚷：

「陳三呢？他怎麼又跑那兒去了！」

聽得出是汪德鄰底聲音。

隨後是在罵著人，卻模模糊糊地捉不到在罵些什麼話。樊振民在自己座位上坐下來，沒有去動手本來打算動手的工作，只一個人靜靜地隔著板壁偷聽，聽到那同一個嗓子不久又馬上提高著——

「怎麼！你們還呆在這兒幹什麼！叫你們去撕就去撕，快去呀，快去呀！要撕得它一張都不剩，聽見沒有？」

照口氣聽，顯然是這位事務主任對校役們的命令遭到相當窒礙了。可是停一會，雜沓的腳步又重新響著，大概是禁不住他的催迫到底只好擔任了去撕標語布告的那個為難的工作吧。

接著卻是沉默。再往後，是汪德鄰一個人在那屋子裡用急促的步子踱來踱去……

「說不定會鬧出什麼事來的。」

樊振民似乎因沉默而更注意著，他繼續聽。

一個人在喃喃著的聲音……

變得像兩個人……

又像三個人……

終於又什麼聲音都沒有了。

樊振民等了一些時候，沒有下文，這卻更引起了他的疑惑和好奇，他終於把剛拿到手頭的工作都推開，站起來，走出房間，兜著圈子繞到背後的事務室。一看，門是開

七

著，裡邊已經沒有人。先溜了嗎？倒也乖巧呢！正這樣想，卻發現那帶痰音的嗓子是移到了隔壁的教員休息室去。又踅到休息室門口，看到裡面除了汪德鄰之外只有本學期新聘的另一位算學教師。汪德鄰頭上綻起青筋，伸出了籲求正義似的手，打著手勢，站在那另一個人的座位前面一刻不停地說，那一個卻只順口應，一句話也沒有。樊振民跨進屋子，已經走得很近，他才吃驚地發現了第三者。

這自然是一個更好的對手了，汪德鄰立刻把好久都沒有反響的啞子放過，唯恐不及地迎上來——

「振民，振民，你看到沒有呀？」

(不知是出於親暱，還是出於地位的炫耀，他從頭就是全校同事裡除了徐子修父女之外，對樊振民直呼名號的唯一的人。)

「我沒看仔細，」懶散地答。

「這，這，這真是……」

還來不及想到「真是」些什麼話，卻猛然看見校役陳三從外邊匆匆忙忙跑進來，口叫著「汪先生」，像有什麼緊要的話要說的樣子。

汪德鄰隨即又把樊振民撇下。

「你剛才在什麼地方啊？找來找去的……」

「汪先生，」企圖著打斷他。

「叫你這幾天少走開一點，隨時有事的，你偏偏……」

「汪先生，」終於等不到他發完這場脾氣，陳三在他說話底半中間夾進來，「外邊打起來了！」

「怎麼——打？」

「學生們打起來了，他們不給撕。」

「這，這……」

樊振民從旁邊可以很清楚地看到他聽了這報告之後的惶惑的神精，綻出在太陽心邊的青筋掀動著，手沒有方向地搖擺；正當沒設法的時候，卻很快地又來了第二個告急的人，情況顯得比第一個更狼狽，恰像是從戰場上敗陣回來的光景。

「汪先生你還是避避開吧，他們鬧到這兒來了！」

汪先生卻急得跺著腳——

「你們為什麼不攔住呢！為什麼……」

嚷著，在空蕩蕩的教員休息室裡轉了幾個圈子，像要找尋一個可以暫時躲避的去處。找不到。沒有邊門；側邊窗是那麼高，就是爬出窗去也還是在大家都看得到的走廊上。這屋子，為什麼當初不準備好這一類的退路呢！終不能叫他躲藏到臺子底下去……

七

可是那班人卻已經蜂擁而來，一片嘈雜的聲響裡再也辨不出是在嚷些什麼話，只一下子看到玻璃窗外邊盡是些黑壓壓的人頭了。

「究竟是為著什麼事呀？」

屋子裡，就連那個會叫人疑心是啞巴的第三者都站起來驚慌地問。

這一回，汪德鄰自然是沒心思來答覆了，也許他竟沒有聽到這問話。

「陳三，來富，」他只顧自己著急地喊，聲音顯然在劇烈地抖動，「你們拿門把住，別，別讓他們進來呀。」

陳三顯著為難的樣子。

幸喜那為頭的學生先在玻璃窗外邊望了望，等發現了汪德鄰，正想推進門來，來富卻先把門在裡面上了閂。

許多人在門上胡亂推。

「不要開，無論如何不要開！」

來富把住在門口，陳三無可奈何地陪著。

那扇玻璃門一下子竟變得像洋鼓一樣地響著了，隨後，接連窗都跟著響起來。

「不要開呀！不要開呀！」

汪德鄰底嘴，現在像是專為說這同一句話而生的。

可是外邊的情勢愈顯得緊張，人也像愈聚愈多的樣子。嘈雜中聽到一塊玻璃摔了下來，接著，有好多玻璃都紛紛掉著。顯然是有意打下的，樊振民還看到有人從掉了玻璃的空洞裡伸進手，準備拔門閂。這樣支持下去不成的，他心裡想，便向門邊走近一步，看到外邊使勁嚷著的，推著的，也不過是靠十個人光景，後邊跟隨而來的顯然只是看熱鬧的中立分子。他也不再跟誰多說一句話，就顧自己過去把門閂拔掉，拿門閃開一半，站定在那當路口——

「你們是不是準備打人來的？」

向為頭的這樣問。

那幾個為頭的學生一下子倒怔住了，答不上來。

「我問你們究竟是不是準備打人來的，」更把聲音提高一點。

「我們要來說話，為什麼把門關住啊？」終於有人答。

「現在不是開了？」

「好，那麼我們進去！」

「慢慢，」樊振民卻伸手把那個答了話，準備闖進來的第一個人攔住，「你是說話來的，說不定有人歡喜先打了人再說話，讓他們先來好了。」

他抬起頭，向擠在後面的人叢迅速地掃望了一遍——

七

「你們預備打人的，先進來吧！」

經他這樣大聲喊，一下子連擾嚷的空氣都彷彿平復了一點。大家互相望望，沒有響動。稍稍等了些時刻，他又繼續嚷：

「既不是來打人，那麼有話要說的先過來吧！」

還是沒有響動。

「怎麼，那你們是幹什麼來的？」樊振民看到情勢是緩和了，他向前踏上一步，登時沉下了臉色，厲聲地說：「我知道，你們不過是看熱鬧來的，自己也不明白是怎麼回事，是不是……自己要說什麼話儘管說，要幹什麼事儘管幹，那倒是大大方方，像這樣莫名其妙地盲從，那才是最沒出息的樣子。就因為你們這班莫名其妙的人，那才會無中生有地鬧出許多事來……現在熱鬧也看見了，上課時間也快到了，還不走嗎……」

沒等他說完，就已經有許多人鬼鬼祟祟溜開去，甚至爬在走廊上面的，也有一些不聲不響地跳到下邊草地裡，把自己站得遠一點。樊振民停下來，拿眼光向各方面逼視著；在他逼視到的地方，終於連殘存著的一些人也都顯出掃興似的臉色，零零落落地走散。

休息室門口只剩下十多個人還支持著，他回過臉，找到剛才表示要說話的那個人問：

「好吧，現在你有話就說吧。」

「……」那學生遲疑著，沒有準備好。

「你的話是關於那一方面的？」

「我，我問學校的規則……」

「慢慢，」樊振民又把他打斷了，「這問題現在可談不到，現在學校裡沒有負責的人，跟我說沒有用。」

不知誰忽然接上來：「我們本來不找你呀。」

「那找誰呢？」

「找事務主任。」

「那為什麼不到事務處去找？這兒是——」樊振民指一指玻璃門上的牌子，「教員休息室，事務處在隔壁。」

「我們看到汪老頭子在這兒。」

「可以等在事務處，叫茶房來請的。」

一時間再不聽到有人回嘴。眼前彷佛變得連十個人都不到了，又都顯著尷尬的樣子，這邊來富卻壯了膽，讓門開著，一步不移地站定在門口。樊振民向那幾個人看了一遍，覺得幾句和緩的話就可以讓他們下臺：他臉色又變得平靜，繼續說：

七

「其實這些話也不必談了，等學校有了解決，自然什麼都有解決。」

看他和緩下來，後邊有人也趁勢和緩地接下去：

「這且不管，樊先生你評評理……」

「還評什麼理呢！」為頭的那個學生卻不讓他這樣說，「反正現在沒人管，有理也說不清，他撕他的，我們貼我們的，看看誰強！」他回頭向身邊的人招呼了一下，「我們走吧。」

樊振民微微笑著。他們終於發現自己力量的單薄，只好虎頭蛇尾地散場了吧。他直看到眼前已經沒有人，才回進來。來富臉上閃著勝利的光耀，恭恭敬敬替他開挺門，等他走過，又關上；樣子像還想閂上門梢，卻只不知怎麼一想，只拿門梢使勁一撥，沒有閂。同時汪德鄰也從休息室底最深處迎上來，似乎喘息還沒有定，額上還綻著晶瑩的汗珠——

「振民，振民！」

只喊著，卻沒有話。

「我說，那個領頭的叫什麼名字啊？時常見到的。」

「你說那一個？」

汪德鄰茫然地答不上來，他根本亂糟糟地就沒有看清楚；站在側邊的校役陳三倒插嘴說：

「他姓黎，叫黎漢。」

「是那個戴著壓髮帽的嗎？」

「是的。」

「黎漢，」把名字記了一記，也沒有追問。稍稍停一會，他又走到汪德鄰跟前說，「汪先生，你這樣也犯不著，隨他們貼上些東西算了，看他們有幾分力量。」

「不過，不過……」

「硬來不會有什麼便宜的。」

「他們恐怕還要貼。」

（黎漢最後的聲明汪德鄰卻似乎聽到。）

「管它去呢！」

隨意說著，順便對壁上的八卦鐘望一望。他像隨時都有一種什麼事沒有做了，而且永遠也做不了似的感覺，雖然沒有課，卻彷彿再不能空空地逗留了。稍稍站立一陣之後他就慢慢走出休息室來。

不料剛走上幾步，就聽到後面有人向他說：

「樊先生，今天你辛苦了！」

七

回過頭，發現國文教師呂次青正帶著笑容趕上了他。簡直不知從什麼地方鑽出來的，樊振民這麼許多時候就始終沒有看到他——

「怎麼，呂先生你躲在那兒啊？」

「我也在這兒看熱鬧呢——你真有辦法！」

「怎麼就不看見你？」

「我麼？」呂次青挨近一步，輕輕說，「我早知道汪老頭子沒輕沒重地要鬧出亂子來，所以自個兒到校園裡去溜了一個圈子——閒話少說，你現在沒事吧？」

「只有一點點小事情。」

「別這樣巴結了，學校都說不定會關門！我早就想找你談談，找了你半天都找不到。」

「什麼話？」樊振民開始注意起來。

呂次青遲疑一下，「還是到我宿舍裡坐坐吧，你那邊根本不成。」

說著，就不由人做主地把樊振民攔轉了彎，連樊振民要先去把辦公室底房門鎖一鎖好都不給，卻自作主張地叫陳三去替他鎖。他們便走上了那建築後邊的一條岔路。路邊沒有人，呂次青像怕來不及似地四邊一望，顯出非常機密的樣子，把嘴附到他耳根邊來說：

「你以為事情真沒有辦法嗎？現在有了辦法。」
可是當樊振民問起他是什麼辦法的時候，他卻又——
「我慢慢就告訴你。」

八

樊振民莫名所以地跟隨著呂次青穿過一條長長的走廊，來到後面的一行教員宿舍，走進了他那間狹窄得連書籍都只好堆在凳子上的房，等把書籍整開，剛坐定，呂次青就這樣說：

「我們真傻極了，連這一層都想不到！」

「……？」

「人家可以推翻這個擁護那個，我們就不能嗎？」

起先還以為是什麼了不起的發現呢，原來只這一點事，樊振民覺得這發現實在太平常；而且事實上這一層他自己也早就想到過，只沒有說出來，原因是他想不定那個人。不過既來了，他也就顯出一副重而又注意的樣子，暫時不加可否只等對方說下去。

「現在推翻舊的用不到我們費勁，趁新的人選還沒有定，多方面活動一下，攬上一個自己人去，那不是好！」

「如果呂先生你願意幹，我們當然擁護。」

「唉，」那一個卻不舒服地搖一搖頭，「我那有這個資望！我根本不是這個意思啊。」

八

「怎麼？」

「我並不是想自己活動，我是想推戴一個人。」

「誰？」

「徐先生——只有他才各方面都適合。」

這話卻開始使樊振民吃驚了。徐先生，學校裡，除了徐子修之外那裡還找得出來第二個徐先生呢！呂次青會看中他，這倒的確是想不到的，他沉思了一會——

「怎麼會想到他呢？」疑惑似地問。

「無論在那一方面，只有他的名字才叫得響。你不記得三年前王校長還沒來的時候，就有人提出過？」

「不過他是萬事不管的。」

「就要他萬事不管哪。」

樊振民笑了笑，這意思他完全明白。「究竟是誰的主意呢？」他還是不加可否地問下去。

「大家商量出來的，也不定是誰的主意。」

「那幾個人？」

「張敬齋他就首先贊成。我又跟于茂先，鄧安方，許言如，他們都提過，至於陳吉民那班人，也只要敬齋一說就可以。」

「那不等於除了王系之外差不多全體了！」

「可不是！就連王系之，他們看風頭不對，也一定會倒過來。」說著，稍稍停了一會，卻沒等到樊振民的答話，就又接下去，「總而言之，教職員方面已經不成問題。」

「恐怕只能說教員方面。」

「真是，現在還有什麼職員哪！幾個庶務，幾個書記，能有什麼道理！」

「……」樊振民不響，默默地在把這事情估量著。

「現在剩下的，就只是徵求你的意見了。」

「原則上我自然贊成，不過……」

「你不妨痛快地說，我們之間怕什麼！」

「不是不肯痛快說，這關係很複雜，我要考慮。」

呂次青只好等了些時候，看對方還沒答話，便又耐不住似地說，「現在只要你贊成，我們就可以進行了。」

「我覺得事情是這樣的，」樊振民把話整理出了一個頭緒，才開始，「第一層，我們總需要有六七成把握，才好嘗試，終不能把徐老先生硬拖去碰一個釘子，結果鞋子穿不著，倒留了一個樣。還有一層，他老先生自己會不會同意，倒也是個問題。」

八

「恐怕成問題的倒是在你的第二層，至於那第一層，我保管有九成把握；」說著，卻伸出了彎住食指的手掌，表示了一個「八」字。

「怎麼呢？」

「校董會總共只有十七個大人，我就有三分之一可以打得通。」

「三分之一怎麼夠？」

「這是說我個人，還有敬齋，還有大家，怕夠不到半數以上！究竟是私立學校，終不成官廳會下命令的。」

「張敬齋他們究竟能有幾分誠意呢？」

「唉，」呂次青又一次搖著頭，「照你這樣不相信人，那還幹得了什麼事！我已經跟他說得切切實實，難道還要先大家訂下合約不成？」

正因為呂次青說得太切實，樊振民偏偏更疑惑了起來，正想接嘴，卻聽到又來了一個「總而言之」。

「總而言之，」他說，「這一方面你儘管放心，完全由我跟敬齋來負責好了。倒是徐先生個人方面，卻只有你去才說得清，只有你的話他才會相信。他有時候太好說話，有時候可就拗執得根本叫人沒辦法；跟他辦交涉就怕鬧成僵局。不過我想，憑著你跟他這分關係，我想……」

「也不敢擔保，」樊振民笑著，搖搖頭，慢吞吞說。

「他上一回也並不反對。」

「這一回情形也許不同，尤其是因為上次已經放過一次空炮。」

「我想到底沒有人家攬成了他還不來的道理。」

「也說不定。」

「你好歹想點辦法吧，難道就不幹了！」

「好，我去商量一下再說吧。」

「那怎麼成！」呂次青卻發起急來，「你知道月底就是校董會開會的期，今天已經二十七了：我是打算跟你談過了就去跑一下。」

「要這樣快？」

「自然，你知道人家是怎麼樣活動的！」

「其實這種事情斷不是一次會議就能解決。」

「我想，我想總還是快一點的好。」

「那麼這樣吧，」樊振民差不多給逼得連自己考慮一下都沒可能，只好匆忙間想出辦法來，「呂先生你儘管去進行，不過暫時不要代表那一方面做正式的表示，只拿個人關係探探口風，一等到有了相當把握的時候，我再找機會跟徐先生談，也比較容易些。如果外邊形勢不利，那就圈起拉倒，也就不用提。」

「不成不成，做好了媒新娘子不上轎怎麼辦！」這話倒把樊振民說得笑起來。「做媒也沒有一說就成的道理，總得兩面騙。」

「不過你也何妨去探探口風？」

「……」

「我看你今天就去一次吧。」

「那也好。」

「一定要去呢。」

「放心吧，去就是了。」

呂次青似乎還不能十二分滿意似地呆望著，可是他到底不好意思再敲釘轉腳，只停了一陣，突然間站起來，「那麼現在也不用多談了，還是趁早跑一跑，」這樣說。

「此刻就出發嗎？」樊振民也站起身，看他那副性急底樣子禁不住有點奇怪。

「早點出去可以多跑幾個地方。」

說著，他到床架上翻出了一件皺縮的嗶嘰夾衫，看了看，又使勁在大襟小襟上拉了幾下，算是挺直了一些，就拿它換上身，又隨手拿過一頂舊呢帽——

「那麼我明天等你底訊。」

「好吧，我們明天再詳細談。」

兩個人就亂匆匆地從那房間裡出來，把門上了鎖，走出了屋子，再沒有說一句話，也沒有道別的招呼，呂次青就打先從一扇邊門抄近路離開了學校，只把樊振民一個人剩下在宿舍前面的走路上。

這樣糊糊塗塗就算說定了一件事情嗎？樊振民彷彿到此刻還沒有明白自己對這事情究竟抱著怎樣的態度。他一個人慢慢地走，慢慢地沉思著。對這一切，他似乎總有一種不十分真切的感覺；對那一方面疑惑，卻說不定。無論如何，呂次青這個人是相當莽撞，冒失的。這種典型的人就慣於在口頭上什麼事都非說得你答應不可；等你勉強答應了，他就會以為你是出於十二分的真心。說不定他跟張敬齋他們的接洽也都是這一類呢？說不定他根本受了旁人的欺哄呢……

一路想著，他已經來到了自己的辦公處。已經是上課的時候了，四邊靜悄悄沒有人：他開進房門，自個兒坐下，把幾分學生成績記錄單移到手頭。

「究竟怎麼回事啊？」

他覺得連登記分數這一點機械的工作都專不了心，廢然地拿筆放下。

想不到自己竟給呂次青這一番沒頭沒腦的話弄得亂了方寸，他一下子覺得什麼都不妥當起來。正這樣疑疑惑惑，他卻又猛然記得剛才對徐守梅也答應過，停一會再去探望

八

她父親的。可需不需要真把這事情跟他提一提呢？用什麼方法呢？那傢伙的話根本靠不住又怎麼辦呢？

他站起來，走到窗邊望著，躊躇了好半晌。

在事情還這樣懵懵懂懂，摸不到一點邊際的時候，他能把這當做真有其事地去跟徐先生開玩笑嗎？

「這樣不對的，不對的。」

他自言自語著，他慢慢有了決心。

寧可對呂次青失一次約，明天再想話來搪塞吧，寧可本來要去徐家都不去吧，回頭談起了學校的事倒不容易對答。且等上一天兩天，等呂次青他們進行得有點頭緒，等自己也從旁的方面探聽到一些真實的情形……

九

呂次青在第二天一清早就亂匆匆地找到樊振民住的地方來。那地方他曾經來到過一兩次，是租的一家普遍住戶的統廂房，離徐子修家裡近得要不了百多步路，就會走到的。那時候樊振民起身還不久，剛吃了由房東家包下的早餐，正預備看幾頁書，等上半個把鐘點再上學校去。客人冒失地推進房，把坐在窗口的樊振民驚了一下。窗前垂著簾子，簾子上的朝暾還沒有從暗紅變成橙黃的顏色呢。

「這麼早就出來？」

「昨天在外邊過夜的，天沒亮臭蟲就把我叮醒了。」

樊振民剛來得及在書頁裡夾上一張紙片，把書合攏，站起起身，呂次青就已經在他那張被窩還沒有整好的床上坐著，臉是一片興奮的閃光，把一個棗紅色的酒糟鼻襯托得更生動了。樊振民只好把凳子移近一步，自己又重新坐下——

「結果怎麼樣？」

「完全勝利，」說著，還把手掌平伸出去，畫了一個半圓形，算表示完全；「昨天一連去找了三個人，他們都滿口答應了，後天就一定可以提出。他們還願意間接再去接洽一些人。本來，拿這種的資望挺出去，還有誰能反對嗎？你今天上午有沒有課？」

「課是沒有。」

「我也記得你星期四上午是沒有課的。」

「怎麼？」

「回頭敬齋要來，我約他到這兒大家接一個頭。」

「我這兒他從沒有來過。」

「不要緊，地址我已經對他說得詳詳細細。」

「這也好，學校裡人多，消息先傳出去究竟不妥當，」樊振民順口說，一邊想，照這情形，多少是比昨天接近了一步吧，回頭再跟張敬齋一談，就總會見些眉目了。「那麼敬齋他什麼時候來呢？」接著問。

「我約他是八點半。」

「怕沒有那麼早。」

「他會來的；他今天十點鐘有課。」

「好，我們在這兒等他吧。」

「還有一點事，」呂次青陡然把身子挪近一步，把聲音放低一點，「敬齋是叫我慢慢提的，我想我們這樣，自己先隨便談談也不要緊，反正沒有外人……」

「有話當然應該先說。」

「我也說大家開誠布公談了，事情倒好辦。」

「是關於那一方面的問題呀？」

「敬齋是這樣意思，如果事情會成功，那麼對將來學校的組織方面，也應該事先有一個準備，譬如職務分配是不是照舊，還有人選問題。譬如以前這樣，有了事務處把一個教務處空蕩上兩三年，也不對。」

停頓著，樊振民卻顯出一副還沒把這話聽懂的樣子。事實上他早就懂了：沒搶到手就預備分贓，將來的事情倒需要費幾分心思來對付才是呢，他心裡這樣默默地想。

「不過我得預先聲明，」呂次青又說下去，「我個人是沒有什麼野心的。」

「現在談到組織問題恐怕還早。」

「怎麼，事情看樣子多半會成功了，應該有個準備。」

「張敬齋究竟是什麼意思？」

「也不定是他非這樣不可，不過我這樣想，我們不如把一個教務主任先答應了他，也好叫他多賣些氣力。」

「這一層……」

「而且他資格也差不多了。」

九

「我說這些事情是不是由得了我們？」

「你真是！難道還要叫旁人來決定——」呂次青忽然間伸手扯了扯樊振民袖子，顯著得意的神色，輕輕說，「說一句私話，將來叫徐先生頂一個名，全學校底事情除了我們三個人之外誰還能插一句嘴？你想，要不然，我費了這麼許多氣力幹嘛！」

說著，顧自己哈哈地笑起來。

「好吧，」樊振民卻沉吟了一會才答，「我把這事情也順便先給徐先生提一提。」

「不錯，我倒忘記問了，你接洽的結果呢？」

「還沒有機會談。」

「怎麼，昨天沒去找他嗎？」

「沒有。」

「那怎麼好呢！」呂次青發起急來，「現在開場鑼鼓已經敲緊來了，倒說主角兒還沒有請好！」

「這事情多少有點……」

「你不能這樣存心觀望的，要切切實實幹哪。」

「倒不是存心觀望，不負責任，事實上他老先生的脾氣大家都知道：機會湊得好，什麼事情都一說就成，也不會翻悔：不湊巧呢，把事情先攪僵了，那就再說上千萬遍也扳不過來。」

「其實這樣現現成成的校長，誰還不幹嘛？」

「他倒的確不是這樣想的。」

「那依你怎麼辦？」

「才說起了半天工夫呢，總來得及。」

「別說只半天工夫，今天跟昨天形勢就不同了。」

「今天自然要去的，」樊振民就這樣從容地說。「反正這事情我負責好了，至於要限期辦到，那我可敬謝不敏。」

「只要你能說到『負責』兩個字就好，」經對方這樣表示，呂次青也只好稍稍緩和下來；「不過我怕，我怕有些事情就不能先商量出一個頭緒，就如我剛才……」

「路得一步一步走，那能商量得到底呢。」

呂次青沒有再說，只對樊振民懷疑似地看了看。熱烈的談話忽然間變得沉滯起來。呂次青把眼睛霎著；好久，他又突然低聲低氣地問，「你是不是怕教務處給敬齋攬了去，他們理科方面勢力太大，所以不很贊成？」

為什麼滿肚子儘是這些地盤和勢力底思想啊？樊振民對這意外的問題卻大聲笑起來——

九

「那有這樣的意思，我不過是不敢越俎代謀。」

「個人意見總好表示的。」

「我個人能有不贊成的道理！」

「那再好沒有，我本來就只要你表示個人態度；現在我們一致了，回頭也好跟敬齋談一談。」說著，他拿出表來看了看。「怎麼，他還不來呢！」

「什麼時候？」

「八點半過了。」

「既然約好了總會來，」樊振民懶散地答。

像再沒有多餘的話可以說，呂次青現在是只剩下等待張敬齋來到的焦急了。他從坐了好久的床沿上站起來，在房間裡踱了一陣；經這樣身體一活動，他卻發覺自己肚子裡咕咕叫著。一清早就離開客棧，沒有吃過早點心，剛來到這裡的時候已經有幾分餓，當初是決心抵制一下的，隨後談著話，倒真個抵制了過去。現在可真不成了。他稍稍捱上一陣，終於捱不過地問：

「這兒有點心叫嗎！」

「不錯，呂先生恐怕沒吃早飯？」

「是沒有吃啊。」

「那為什麼不早說呢，我們還用客氣嗎！」樊振民站起來，一邊叫著房東家的娘姨，一邊又說，「大概總有的，不過我可沒有叫過。」

娘姨好久才來到。呂次青想了想，他打算要湯包，卻回答說這近沒有的。問餃子，沒有。饅頭，也沒有。可是麵總有的，究竟有些什麼麵呢？卻只有魚麵和肉麵。他皺了皺眉頭，只好叫了一碗大肉麵，還特別關照「要雙澆的」。等娘姨答應了，走轉背，他對這房間四周相了一相——

「你這兒吃點東西這樣不方便，怎麼住呢！」

他像突然間掛念起城裡一家點心店的湯包和餃子來。他開始詳細地說著那鋪子的地點，那出品是怎樣地精良，倒把等人的焦急稍稍忘記了。他最後還邀樊振民幾時有空不妨起個大清早，跟他去試試新。樊振民順口應，卻猛然看見窗外有一個人影子在逗留；他過去掀開窗簾，就看見在外邊東張西望地對著門牌號碼的，正就是張敬齋。

「張先生，往這邊走啊，」他隔著窗喊。

「怎麼，他來了。」

樊振民出去開了門，等張敬齋付訖了車錢，右臂夾著一大疊東西，左手拿著一分報，一起進來，呂次青已經在房門口候著了——

「怎麼到這時候才來？」

九

「還並不遲呢。」

張敬齋走進房間，把手頭的東西在書架上一擱，剛坐定，寒暄了幾句，他卻抬起頭，向屋頂四邊端詳，彷彿在審察這屋子是不是夠高大，能不能容納得了他那麼高大的個兒似的。好一會，才把臉平放下來，對同屋子的兩個人分別看了看，正想開口，卻不料還是掉在呂次青後邊。

「我說，」呂次青這樣搶著先，「事情是大家都接頭了，也不用詳細說，現在該把以後的進行談一談。」

張敬齋一時變得沒有話。

樊振民也沒有話。

像一個沒有人願意發言的會場上的主席般為難地等著，等了一會，卻只看見張敬齋挺一挺身體，伸手到西裝裡身的夾袋裡摸了好久，摸出了一盒煙，推開蓋子敬著客；沒有人抽菸的，他自己拿了一枝，樊振民正回頭找火柴，他可不知又從那裡摸出一個打火機，點上了，深深地吸了一口煙。

「至於徐先生那邊的接洽，樊先生他已經答應負責，」呂次青又說：

「那再好也沒有。」

「大概今天總可以決得定。」

樊振民聽了這話對呂次青看了一眼。（誰擔保過今天能決定呢！）可是張敬齋並沒有注意到，他還是不聲：隔上好久才濃濃地噴了一口煙氣說：

「其實也沒有什麼事好商量的，幹就是了。」

「張先生那一方面的形勢……？」

「我看多少有點把握吧。」

只說了一句，又沒下文了。呂次青似乎再也想不出逗引的話來，他底為難幾乎變成了焦慮，他這樣煞費苦心地居然把他們團捏在一起，原是希望他們一見面就能說得頭頭緒緒，倒不料竟會這樣地兜不起話頭。在這樣凝滯的空氣裡支撐下去總不是道理：呂次青終於又想出話來：

「剛才我們說的關於以後學校組織的話，樊先生也正跟我們一樣的意思，他什麼都完全同意了。」

樊振民更吃驚著呂次青的大膽。

張敬齋聽了這話倒覺得有幾分不好意思起來。這話只好暫時藏在肚子裡，那裡能這樣當面提破的！他把身體稍稍一動，似是而非地笑了一下。呂次青卻還說下去：

「只要我們大家同意了，料來徐先生也不會，不會怎麼樣。」

「這些枝節問題，現在其實……」

九

張敬齋模模糊糊地把話頭支吾過去，不讓他再說；自己抽著煙，這才把臉正式轉向了樊振民——

「學校的事情我本來也根本不想管，」他慢吞吞地開始說，「自己忙也忙不過來。不過想想這學校有這樣根底也不容易了，幾年來卻你搶我奪地攪成一團糟，實在也可惜。教育總得讓辦教育的人來辦，總不能當政治地盤用的，是不是？所以當時次青提出徐先生，我就滿口答應幫忙。」

「其實徐先生也不大攪得了這些事，」樊振民隨口地說，「張先生你自己倒……」

「那怎麼成！我現在就忙得走頭無路了。下學期這兒的鐘點能排不排得出都成問題。你想，最近華德大學少人，死拉活拖地要我去幫幾個鐘點忙，我都沒有敢答應。」

「沒有時間倒也難。」

「照現在這樣真是再好也沒有。」

「好，我們幹起來再瞧吧。」

樊振民說著，茫然地把眼光游移開去，心裡暗暗忖量他的對付。

正在這時候，外邊的小館子送來了滿滿的一碗大肉麵，樊振民就叫擱到書桌上；呂次青走過去，拖過一張小圓凳，已經拿起了筷子，卻又問：「張先生吃了早飯嗎？」

「吃過了，吃過了，你用吧。」

張敬齋感到那書桌太局促，便從那張寫字椅上吃力地站起來，坐到了側邊的凳子上，讓呂次青舒舒服服地吃。他又對樊振民看一眼；談話彷彿失去了中間的牽線人，而且經這樣一打斷，一下子又像無法再開始底樣子。他丟掉煙，拿起了報紙——

「現在也沒什麼話了，我想先走一步。」

「慢慢，我們一齊走吧。」

「我有課的。」

「現在還早呢，等我一吃完就走。」

無可奈何地仍然留著，張敬齋空洞洞坐了一回，開始拿手裡的報紙隨意翻看。

「華北的問題可又緊張了。」

順口說著，又翻過一頁。

忽然他對某一條新聞顯得注意起來，嘴裡「奇怪，奇怪！」地嚷，把報紙按平，拿近一點仔細看。這一下子引得樊振民也詫異著，剛站起來打算問起，張敬齋已經把報紙送到他手頭，一邊說：

「這種消息究竟是什麼人攪去的呢！」

樊振民看著，看到教育新聞欄裡有一條「德生中學風潮」底標題；同時呂次青也手裡拿著筷子，把頭伸過來。

九

「怎麼！」

看不了多久就吃驚地喊，樊振民竟在這記載裡發現了自己底名字，幾行顯著的字句很快地就跳到了他眼睛裡：「……事務主任汪德鄰，初中部主任樊振民，指揮校役，毆打學生……」這是什麼話呢！報紙上竟可能有這樣荒唐的記載嗎？

「不用說了，誰叫你多管閒事，所以把你誣賴上去的！」

呂次青說著嘿嘿地笑。

沒有回答。樊振民看完那段消息，把報紙放開，一聲不響地踱了幾步；默然好久，才伸手抹一抹鼻子，搖一搖頭，嘴裡喃喃地自言自語著：「竟會有這種辦法嗎……真是笑話……笑話……」

十

差不多正在這時候，徐子修也把當天的報紙翻了開來。今天，他照常八點還沒敲就來到學校裡；來到不久，卻已經聽到教員休息室有許多人都比昨天更慌張地紛紛談論著，等報紙送來，經人翻看了一下，這報紙就又成了許多人注意的集中點。因為是坐在那房間深處的自己的書臺邊，他沒有聽清楚他們在談論些什麼話，而且也始終沒有過來跟他搭一句嘴。他像並不想知道似地顧自己準備著教材，顧自己抽著煙；可是在耳根邊刮到的幾個人名字到底使他開始疑惑了。此刻，他已經上完了頭堂課，回到了休息室，看到那一分報擱在桌上沒人看，他就把它整分地拿到自己座位上，自個兒翻。

翻到教育新聞欄，那個一條消息所引起的他的驚異，簡直比對樊振民自己還強的——

「他竟還在那兒幹這些事情嗎！」

把這段消息看了一遍又看一遍，拿報紙的手開始在抖動著，呼吸都一下子急迫起來。這些事情是只有下等的流氓才幹的，真想不到他竟會變成這個樣子。他像還不肯相信，再看了第三遍。難道還有看錯的道理！明明白白是這個話呢。一種無從抑制的氣憤

十

把他全身占據，使他竟忘記了把報紙送回到原地方，只拿它在桌上胡亂推開。本來也早就覺得他近來不對勁，可再也疑心不到會變成這步田地呀。

坐了一陣，突然間站起來，低下頭，走到外邊走廊上，大聲地叫，找到了陳三。

「你去看看，那邊樊先生來了沒有。」

就在走廊上等著。

徐子修覺得再這樣聽憑他胡亂攪下去是斷斷乎辦不到的；他也顧不得是當著這麼許多同事的面，恨不能馬上就向他嚴厲地責問了。

等到的回話卻是說還沒有來。

「沒有來……」

兩隻手沒處放似地互相捏著，停一陣，終於沒辦法，只好重新回去。

第二堂的上課鐘是等不到他發完脾氣就開始打著了。他拿起書本，扳起一副叫人害怕的臉色，一邊走，一邊嘴唇翕動，像在罵人，這樣地到了課堂裡。這一點鐘的課他儘是把讀本飛快地念，連必需講解的文句都只簡單地講著，而且聲音輕得大概只有頭三排可以聽得到。一點鐘他足足念了十多頁，一聽到打鐘，就在一段書的中間停下來，拿鉛筆重重地打了一個記號，把書一合，顧自己走，連幾個學生趕上他想問一些昨天的課程，他都像沒有看見似地不去理睬。

「這幾天徐先生幹嘛？」

「在生誰的氣呀？」

生徒們竊竊私議著，他可聽不到，只顧自己又走到休息室外邊的走廊上，又找到陳三，又叫他去看樊振民來了沒有。

還是沒有來。

「得了，連職務都不用管了！」

等第三堂又去念了一點鐘書之後，再回來，卻沒有找陳三，先回到書桌邊整好東西，就自己去到後邊樊振民的辦公處。從窗口望進去沒有人，把門紐推動，還鎖著。他憤憤地扭了一下，才放手。究竟在忙些什麼事呢，到這時候還不來辦公！他再沒有第四堂的課，就一邊生氣，一邊走出了校門。今天，他再沒有勁兒步行著回家去，就在門口胡亂雇了一輛洋車。在車上他才想起應該留下一個條子，把他叫到家裡來的；至少，也得先把陳三關照好，叫他轉話。可是剛才氣憤中他竟沒有想得到。

一回到家，女兒開了門，他看到院子裡的花坪邊放著小凳子，剪刀，正拔草呢。這該是多麼使他高興的；昨天說了幾句話，今天就順從著他的意志在收拾院子了。可是幾株野草究竟還是小事，他沒提起，他是一進門頭一句話就這樣問：

「你碰到振民沒有？」

十

其實自己找來找去都找不到，她那裡會碰到呢？回答自然是：「沒有。」

「你下半天快去把他找來，叫他到這兒來。」

「今天要三點才有課呢。」

「你吃完飯先去一下，我有話對他說。」

徐守梅對父親詫異地望了一眼；往常難得有這樣急迫的事情的，今天怎麼？可是她到底答應了一聲「好」，閂上門，坐到小凳上，又開始緩緩地拔著草；她一邊禁不住還時時回過臉來對父親看。

（昨天後來不是已經很高興了，怎麼今天沒頭沒腦地又生氣？）

父親像在嘴裡嘰咕地罵著人，在院子裡停也不停地就走進屋子去；他不願意說，女兒自然是沒有法子問起的，可是事情跟樊振民多少有點關係，這她可以明白；而且不是從今天起，她也早就意味到他們兩個人莫名其妙著。為什麼呢？她可想來想去地都沒法子理解。幾天來她心裡老是惴惴著，會不會是什麼不如意的事情的預兆呢？為什麼這樣幸福的前途倒會生出莫名其妙的枝節來呢？她像失掉了收拾院子的心緒，潦潦草草把手頭的工作結束，把拔下的野草拋棄在門外，悄悄地到廚房裡洗了手，就輕手輕腳踅回到堂前。她向書房裡的父親順眼張望了一下，看見他正伏在案頭寫著什麼東西；可是在她看到的時候正已經寫完，照手勢很顯然地劃了一個「修」字，就把筆放下，拿眼光移到門口來把她逼走了……

直到正午時刻都沒有動靜，看樣子像比剛才稍稍平靜了一點，徐守梅才敢到他房門口去關照了午餐。他順便把寫好的條子拿在手裡，出來交給女兒，說：

「你吃完飯就把條子送給振民去。」

只應著，沒有敢當面翻開來看一看那條子的內容，就揣在懷裡。等吃完飯，她知道如果再多逗留一些時候的話，即使不催，也至少會把眉頭緊皺起來的，於是就匆匆忙忙揩了臉，拿了課本，一分鐘也不耽誤地離開家門。

在半路上把懷裡的條子摸出來一看，只平常的幾句叫振民馬上就來的話，也發現不了什麼意外的情形。她滿腹狐疑地走著，想東想西地連往那裡安放她的猜度都沒有把握。可是無論如何總不會是什麼愉快的事情吧，這大致可以確定。她頗想找到樊振民先偷空跟他談一談。什麼地方去談呢？爸等久了會不會又焦急起來呢？

正想不定，忽然間聽到——

「怎麼你這樣過來會不看見我的？」

抬起頭，想不到正是樊振民，而且已經走得那麼近了。

「怎麼，你那兒去？」

「到你們那邊去呢。——你怎麼出來得這樣早？」

十

「爸正叫我來找你，急得了不得地要跟你說話。你看這個條子。」

就在路口把條子飛快一看，樊振民也禁不住詫異著。自己正打算去跟他談那個事情，他倒先來找，難道他已經得到了什麼風聞不成？他感到為難，感到那準備好的一派說法又不能呆板地應用了。

「他等得很急，我們就走吧。」徐守梅轉過身，合樊振民一起走著回頭路。

「你爸找我有什麼事？」

「我正想問你呢？他這幾天一回來總是滿臉不高興的樣子，今天更奇怪了，像氣得了不得。」稍稍停下，她低聲問，「你近來是不是有什麼事得罪了他？」

「你說我得罪他？」

「事情總有點來歷，對旁人也不會氣成這個樣子。」

「我怎麼會去得罪他呢！」

「你心裡總明白。」

「我不明白。」

「那可不是更奇了，」徐守梅更疑惑起來。

說不定真為這事情吧，樊振民心裡想，他也打算把有人替徐子修活動校長底事情先跟徐守梅提一提，可是抬頭看，那縮進在道路側邊的籬笆門已經近在眼前。這樣匆忙間要講也講不清，他只好說，「我們去了再看。」

徐子修答應了門鈴聲出來開門，卻看見是守梅——

「怎麼又回來？」就兜頭這樣責問。

「他已經來了，路上碰到的。」

這才看見了後邊的樊振民——「唔，」應著，稍稍點頭招呼。

「他正到我們這兒來呢。」

「唔。」

讓他們進來，把女兒剩在後背關門，徐子修就打先走進屋子，一邊說，「我上半天找了你半天，那兒去了啊？」

「在家裡跟人談一點事情。」

「你近來事情可真多！」

聽口氣就蹊蹺，樊振民沒有接話，只一起來到堂前。沒有坐，徐子修四周一望，又對跟著進來的女兒一看，遲疑了一下，說，「你到裡邊來，我有話問你。」

徐守梅疑神疑鬼地在外邊留著，不好跟進去。

這時候，時間算是已經稍稍減低了他的氣憤。本來是甚至在許多同事面前都顧不得，也可能登時發作的，現在連自己的女兒都不叫當面了。可是還不免是那一副沈滯的

十

臉色，到書房裡剛坐定，就劈頭問：

「你看了今天報紙沒有？」

樊振民這一下明白了是怎麼回事，他就顯得那麼坦然地答：

「看過的，那段消息也看到的。」

「好，那你自己說吧！」雖這樣說，卻並不能真容樊振民先開口，一下就自己搶上去，「你怎麼能做出這樣的事情來呢？你近來究竟在攪些什麼花樣，要這樣瞎鬧？」

「不過……」樊振民想插嘴。

「你真是完全變了樣子了。這種辦法就叫做糾眾行兇，那兒是我們幹的！你究竟何苦來呢？」

「不過……」

「我本來也早就覺得你有點奇奇怪怪，一向所以隱忍不言，那是希望你能夠慢慢自己覺得，想不到你會這樣變本加厲地幹。我實在看得再也忍不住了。你究竟，究竟……」

樊振民爽性等他把這幾句類似的話翻來覆去地說一個痛快，讓他一口氣說得無可再說，才平靜地接上去：

「不過這新聞不確的，完全是謠言。」

「謠言嗎？堂堂皇皇的報紙總不會完全瞎造的。」

「這消息可的確從頭到底尾都是瞎造。」

「總不會完全無因。」

「豈但完全無因，簡直是有意地顛倒黑白。徐先生您只要想，我有什麼必要去幹這些事情！」

「本來是沒有必要，所以我也想不通你到底……」徐子修口氣變得稍稍和緩，他也開始懷疑起那條消息的確實性來。「不過無論如何，就算是人家造你的謠，總是你自己多管事，才會過意誣賴你。不然的話，為什麼不誣賴我呢？為什麼不誣賴旁人呢？」

「這自然有一點緣故……」

樊振民正打算把昨天真實的經過用適當的語氣說一遍，卻不想徐子修捉住了「緣故」這兩個字就——

「原來不是完全無因的！總而言之，只要自己根本沒事，就人家要揑造都揑造不起來，而且也沒有必要來跟你搗亂。就算是人家誣賴你也是你咎由自取。」

又耐性等他說完，樊振民才有機會把昨天替汪德鄰解圍，因而招怨底那一段經過婉轉說著。這一回徐子修雖是靜下來聽了，可是他卻一邊轉過背，像不願意留心似地顧自己捲起一枝煙，刮起火柴把煙使勁地抽。好久才回過頭來，等對方把事情講完，他伸手搔了搔下頦，說：

十

「照你這樣講，事實跟報紙上剛巧相反。」

「這不能隨便說，許多人看到的。」

「那麼這消息從何而來？」

「他們的情形您真完全沒有明白；他們是有組織地在幹這個事，自然跟新聞界也有聯絡。要不然，難道會有訪員常駐在我們學校裡！」

徐子修沒有答話。經這樣一說，連他自己都覺得發這樣大的脾氣顯得毫無根據起來，這原是稍稍考慮事理就能夠想得通的。只是，他只還照舊不肯認輸地板著臉，從座位上站起身，低下頭，一邊抽菸，一邊來來去去踱了三五次。

「你年紀輕，多少有點血氣，固然也難怪，不過……」下不了臺，他像總還得想幾句責難的話來裝裝自己的門面。

「我當時實在忍不過去。」

「不過，不過總也是自己處置得不好，招來了是非。」

（樊振民暗暗想，如果叫徐先生去處了這境地，照他這副性子，也許會鬧得更糟的。）

徐先生也算有自知之明地沒多說，就轉了口氣：

「這種謠言對你也很不利。」

「那還用說。」

「恐怕人家會相信。」

「連您都相信呢。」

他還是踱著，不聲。對樊振民的氣憤不知不覺地幾乎要變成憐惜了。他又搔了一陣下頦，忽然間抬起頭，大聲叫著「阿梅」。原是怕她遠遠地也許聽不到，不料守梅就坐在外間的客堂裡，應著。

「替我倒杯茶來啊，口乾。」

隨後轉身對樊振民：

「照你這樣說。那班人簡直成了一群惡狗了，如果學校真落在他們手裡，那還堪設想嗎？」

「現在的事情就到處都是這個樣子。」

徐子修搖著頭：他想起事情要是真這樣發展下去，自己是無論如何看不慣，合不了的。大概勤勞清苦地服務了二十多年底關係，到不久之後就該告一結束了吧。可是他們，振民跟守梅，他們怎麼辦呢？能夠讓他們混在泥堆裡同汙合流去嗎？

「振民，振民……」

正要說下去，徐守梅端進了一盞茶來擱在桌上，預備轉身回出去，可是這一回父親

十

倒把她叫住——

「你也在這兒聽聽，別走啊。」

怎麼？剛才不讓她聽，現在倒不讓她走！她抬頭望了望父親的臉色，大概是沒事了，放了心，有點窘迫地在桌邊站著。

徐子修先喝了一大口茶，把舌根啜吸著。

「我是這個年紀了，」緩緩地說，「往後也不想做什麼事情了。別說這個小小的學校，就是世界，它要變成怎麼個樣子就隨它變去吧。不過你們呢？以後處世越來越難，那是一定的。我可以不做事，你們呢？年紀還這樣輕……」

「我們自然也是合則留，不合則去。」

「去那兒呢？除非跟人低頭。」

「可是您也不必這樣太過悲觀的。事情還遠得很，將來到底會變成怎麼樣還難說得很。」

「你說學校裡的事情嗎？」

「是的——往後還會有許多變化呢。」

樊振民覺得這樣的機會不抓住，他要來說的話恐怕再沒有方法說了；他稍稍停頓，把談頭又整理一下，再開始：

「還有一件事，也想給徐先生談一談。」

「什麼事？」

「您當然想不到的，下學期學校說不定會請您去主持。」

「怎麼？」簡直連這句話都聽不懂了。

「他們想請您當校長。」

不但徐子修，就連徐守梅，都驚愕起來；是清清楚楚的一句話，總不會四只耳朵同時聽錯的！「怎麼！」徐子修更大聲地這樣喊著，「有這樣的事！究竟是誰說的！是什麼意思？」

「您慢慢，聽我講呢——大概是一部分的校董，跟一些教職員，他們到底不能不替學校想一想，不願意輕易讓人家奪了去。他們上一次就想推舉您了，這一次也是這個意思。他們以為只有您，才能夠比較大家信服一點。」

「怪不得我也聽到人家說起，」徐守梅忍不住插嘴，「我還當跟我開玩笑。」

「你也聽到的？」

「自然，他們到處都徵求過意見了，」樊振民替代著答。

「他們為什麼不對我說呢？」

「他們預備成功了之後再告訴您。」

十

「那你為什麼不說？」

「我也一直到今天才知道，他們大概以為我不成問題，所以到有了相當把握才來接頭。剛才呂次青到我那兒談了半天，就談的這個事。他還叫我暫時別跟您提；不過我想究竟還是先通知您一下好，所以到這兒來。」

「有這樣的事！」徐子修又開始來來去去地踱，沉思著。「不成的，不成，我那兒幹得了這樣的事，那……」嘴裡自語自言。

「我也說您恐怕不會答應。」

「爸，」徐守梅卻想不到父親會不同意，「人家自動來請你，你還不幹嘛？」

「你哪裡懂得！」

說得徐守梅只好不開口，沒意思地自己去找了一張凳子，默默坐著。

「也算虧你先來通知了，」徐子修隔一會對樊振民說；「既然是呂次青來跟你接的頭，你就去對他講，請他們打消了這意思吧。你想，叫我幹這個事怎麼答應得下來！」

「不過他們已經在進行。」

「那就請他們停止進行吧。」

樊振民沒有馬上答，故意沉吟了半晌才說，「不過也為難，他們原是怕您一口回絕才叫我不提的，我倒不好說已經提過了。」

「那他們怎麼想的，事情成功了我不同意，倒不要緊嗎？」

「我想他們總不過預備拿些『當仁不讓，勉為其難』這些話來跟您勸駕，他們總料您好歹也得顧全一點學校。我看這局面，他們除了拿您來抵制一下之外也沒有旁的辦法好對付。」

「照這樣，照這樣……」

徐子修一下子心思又紛亂了起來。他記得自己十多年以前也曾經兼過一時職務的，那時他還年輕，可是已經對付得頭都脹了，攬不滿兩年就辭掉。現在倒說要他負起這樣重大的責任來，而且又說是為學校非這樣就沒有辦法！他皺緊了眉頭，一下子連怎麼說法都想不定。

「你是應該明白的，你想，叫我怎麼，怎麼……」

「我可不是也說怕您受不了應付麻煩，他們都以為事務方面找人分擔了倒不要緊，至少要您答應頂一個名，來幫忙度過眼前這難關。」

「這樣說，他們是打算拿我做傀儡。」

「原是要拿您做傀儡呀——這種事自己沒有好處，只有替公家搪梢，旁人也不會來做這傻子。」

「做傻子我倒不在乎，」似乎帶點感動的語氣了，徐子修低聲說下去，「就怕答應了，

十

自己對付不過來，倒是真的；單頂名呢，可又不放心，比不得現在根本用不到管。」

「自然是為難的事情囉！」

「那你看該怎麼辦呢？」

「據我看，您目前最好還是裝做沒知道，就像我沒提過一樣。第一，他們還沒有正式通知您，就是要表示也無從表示的；第二呢，事情還不是一定成功，萬一不成的話，也好不著痕跡。」

「話是不錯，不過照你這樣，不成功倒沒有問題，要是真成功呢，可不是非幹不可了？」

「那當然還在您自己，人家不能強迫。」

「等他們弄妥當了之後又成問題，事情可不是更糟。」

「不過這事情據我想，你暫時總得答應他們。就不預備幹久，也得讓人有一個充分的時間，可以慢慢物色人來替代。如果一下子沒人頂，給人接了去，那就根本不可收拾。」

沒有話，屋子裡變得長時間地沉默起來。樊振民以為最好是這樣適可而止，再不作進一步的勸告，只把眼睛對住在自己身邊走來走去的徐子修望著，看他嘴裡唸唸有詞，卻不知在說什麼話。無論如何已經給他說動了一大半，他是可以相信的……

好久，徐守梅卻看了看外邊的鐘，輕輕對樊振民說：

「你今天學校裡還去嗎？」

「自然要去的。」

「我此刻就要走了。」

「你能不能稍稍等一下？我也打算就走。」

「怎麼，」徐子修聽了他們的話回過臉來，「你還有事情就儘管去好了，今天也無可商量。」

「那麼……？」

「現在就暫時照你這樣辦，不聲張拉倒，讓我再慢慢考慮一下。」

「那麼——那麼我們走了，」說著，樊振民站起來。

「你聽到消息隨時來通知我。」

「那自然。」

「好，」點著頭說，「你們走吧。」

兩個年輕人一起走出到客堂間，樊振民像剛幹了一件太吃力的事似地舒一口氣，卻過去推一推徐守梅的肘子——

「我也口乾哪，怎麼茶都不給帶一杯進來？」

「自己不會倒嗎？就在這後邊。」

十

他果然尋到客堂後間，自己倒茶喝。

「好，好，我來替你倒算了。」徐守梅一下子卻又追上來，到後間，向客堂外邊一望，又輕輕向樊振民問，「你剛才說的真有這個事？」

「自然是真的，那能開玩笑。」

「那麼我說，爸去幹真是再好也沒有了，你怎麼不勸他？」

她也贊成嗎？樊振民對她看看，笑著，一邊模仿著徐子修的口氣說：

「你那裡懂得！」

十一

因為幾天來的工作堆積著，那一天樊振民一直到打最後一堂退課鐘的時候都還留在他那間辦公室裡；鄰近的屋子已經沒有人，自己也結束了手頭的工作，伸了伸疲倦的腰板，稍稍坐著。天色開始黯淡下來，四周沒有聲息，只聽到陳三拿著雞毛帚子在近邊房間裡收拾，又一間間上著鎖。正準備離開了，卻忽然有人在門窗口輕輕敲。

還有人來找嗎？他只好過去開了門。

「樊先生還沒走？」

「幸虧先來看一看，要不然找到樊先生府上去了。」

樊振民看到是兩個熟悉的學生：趙麟，陳建功。瞧樣子是有著什麼緊要的任務特意來找他似的——

「怎麼，找我有事情嗎？」

「有一點事情，」那叫趙麟的向兩邊看一看說。

「好。」

他把他們讓進了房間，先拿門關上。

十一

往常也是隨便慣了的，閒下來，無論在廣場上，校園裡，碰到幾個平常親近的學生就會東拉西扯地談。可是在這辦公處，閒常四周圍同事來來往往，他們這樣鄭重地找來，倒是不常碰到的事。進了房，他沒有坐，只把身體靠在寫字臺側邊，先對他們看了一下——

「什麼事啊？」問著。

「我們本來昨天就來找過樊先生，找不到，」趙麟很正式地這樣說；「是一部分同學對學校的情形看得實在忍不住，想有點表示，同時也想各方面盡可能取得一點聯絡，所以我們想先來找樊先生談談。」

「這意思很好，我很贊成。」

「也是樊先生你自己有過這種表示，所以敢來找。」

「不過這事情說遲呢，已經太遲了；說早呢，又彷彿嫌早一點。」

「我們可覺得再不能耽擱了，恐怕明天他們就……」

「怎麼？」

「恐怕又有花樣。」

「他們大概是預備把攻擊底對象再擴大起來，」陳建功接著說，「恐怕樊先生你也在內的。」

「哦。」

經陳建功這樣爽直地一說，樊振民覺得問題像嚴重起來；他暫時沒有答話，卻只看見趙麟對陳建功瞥了一眼，彷彿嫌他說話太簡捷似的。陳建功並沒有覺得；停會，他又出人不意地這樣問：

「我們還想打聽一下，是不是徐先生要來當校長？」

怎麼！連這個都知道了嗎？樊振民詫異。

「你這話是那兒聽來的？」

「全學校還有誰不知道呢！」

還只是昨天才談起的事情，想不到消息傳出去竟有這麼快，樊振民心裡想，雖然對這兩個學生大致信得過，卻還不敢做確切的答覆，只從側面遠遠地說：

「我也不過風聞到有這個話，底細不明白，就連徐先生自己都一點不知道。」

「他們可以為是樊先生底主動。」

「大概就因為這消息，所以他們又要想辦法對付了，」趙麟說；「本來校長底問題我們是用不到顧問的，不過就怕他們又是濫用全體底名義，濫發宣言……」

「這一回可沒有那麼容易！」陳建功插嘴。

「也怪你們平常太沒有團結，竟弄得無法抵制。」

十一

「所以這一回大家都感到要團結一下了，」還是由趙麟說下去，「我們最好還要有一個跟各方面通聲氣的機會，免得對什麼事情都莫名底細地盲幹。我想教職員方面大多數底態度倒也需要知道一點。」

「無論如何，對他們那班人總沒有多大同情吧。」

「準不準備有所表示呢？」陳建功問。

「現在還不到時機。」

「樊先生自己態度總跟我們一致的。」

「大致總一樣。」

「那你可以領導著我們幹呢！」

樊振民笑了笑，「你話說得真乾脆，可是事情卻沒有這麼簡單的。我也得先知道你們究竟是什麼意思，預備怎麼辦法；究竟是一部分人呢，還是大多數；倒底有了準備沒有。」

「自然是大多數，不過沒有組織。」

「你們又沒有學生會——不過級會是有的，是不是？」

「也只有高中部。」

「是那些人負責的呢？」

「高二就是他，」陳建功指著趙麟說：「旁的幾班也有法子召集。」

「那就好辦了。你們不必等教職員方面有表示之後才發動的：老實說，教職員雖然人數少，情形倒更複雜，所以無論怎麼樣總是掉在你們後邊。你們只能顧自己先來，譬如說，至少至少得在短期間內產生一個各級聯席的代表會之類——不過你們選舉有沒有把握？別弄得剛好送在人家手裡。」

「只要照合法的手續投票呢，那是沒有問題。」

「你想，你們這樣大多數倒會讓他們十來個人操縱了去，那實在有一點……」

「就是有些人不敢出頭。」

「只要聲勢一大，就誰都會變得膽大了。」

「其實他們也沒有什麼，就為的是沒人發動。」

「那自然，只要你們幾個先鋒隊一衝，就馬上會顯出力量來的。所以現在第一，你們總得把組織先弄好，目前就沒有舉動，放在那兒，總有一天會用得到的。」

「不過這樣子，樊先生你看會不會有什麼效力？」趙麟卻這樣冷冷地問。

樊振民稍稍停頓了一下。

「你們今天的來意我完全懂得了：你們是怕單從一方面活動力量太單薄，是不是？總要別方面也有點表示才放心，是不是？」等不到答覆，他就自己接下去，「我也可以明白

十一

一點對你們說，教職員方面到底不會太麻木，總多少有點準備了；就如說徐先生來當校長的話，既然有了這個話，也當然不會完全是空談，總有點實際才成。現在兩方面形式上的聯合是想不出名義來的，不過到必要的時候自然大有這種可能。反正有事情，你們儘管來對我說，有困難，也儘管對我說……」

「不過要找樊先生說一句話也不容易，這兒人多。」

「那到我家裡去好了，很近的，他就去過幾回，」順手指著陳建功。「現在你們就單從他們假借名義這題目去發揮就盡夠了，無需乎扯到旁的方面去。如果要顧到整個兒，那重要的可還不在教職員，譬如說，校董會你們能有辦法嗎？能知道他們抱的什麼態度嗎？」

「如果學校裡全體上下聯起來，校董會也不怕它，」陳建功大聲插嘴。

「這還要看聯合的動機是什麼，目的是什麼。」

沉默了片刻，他臉稍稍偏向趙麟——

「譬如說，你們的動機呢？」

趙麟沒有答，卻是由陳建功搶上來說，「自然也有點思想的關係，我們覺得——」到這裡就沒有說下去。

「我也懂得，可是我們談談也不要緊。」

樊振民微笑著說。突然他感到他們的談話聲是慢慢地變得太響了。本來在後邊房裡響著的雞毛帚聲音彷彿猛可間停止，沉默著；他也沉默下來，半留意地聽了一會，雞毛帚便又響起來。小小一個房間要收拾到這麼久嗎？趙麟看樊振民不說話，像也有點覺察到，就這樣說：

「現在時候不早，樊先生恐怕要回去。」

「好，」準備走的樣子，「你們放手照這樣幹去吧。這兒多說話也不方便。大致事情這一兩天總有變化的，我們再談。」

陳建功像還有一些話沒有說痛快的樣子，可是趙麟走了，也只好跟著走。這個人倒的確是心直口快的，一點隱藏也沒有呢，樊振民自己這樣想。他稍稍坐了一會，就一個人走出房門，故意大聲喊陳三，叫他別忘記把門上好鎖。

十二

陳三答應著，從後邊繞過來，看樊振民早就走遠了，他就再不是先前那副遲緩的樣子，飛快地把幾個房間一下子收拾好，都上了鎖，就張張望望來到學生宿舍，找黎漢通報消息去。黎漢沒找到，卻只有姜立恆一個人躲在房間裡寫著什麼東西；姜立恆發覺有人輕手輕腳推進門來，倒嚇了一跳，急忙把寫的東西拖一本書來掩住。

「黎先生呢？」

「啊，是你！」看到是陳三才放心。「黎先生昨天就出去，還沒回來；有什麼話對我說也一樣。」

「今天給我撞到了，他們在商量事情呢！」

「誰？」

陳三有點氣急地開始把他從壁縫裡張到的情形說著；可是他們的話他卻沒有完全聽清楚，只彷彿他們要開會那一類的意思。那幾個人呢？那兩個學生他也不認識；只是，一個戴眼鏡，還有一個不高不矮，說起話來指手指腳的。姜立恆雖然可以約略猜測到，卻對這番不周全的報告似乎還不能很滿意；他把寫的那張東西往衣袋裡一塞，站起

十二

來——

「還是讓我自己看看去。」

「此刻早就散了，還來得及。」

「那你為什麼不早一點來通知？」

「我想聽他們說呢。」

「好，那我有數了，」姜立恆重新坐下，「你在這兒給人撞到也不方便，快點走吧。」

這樣把陳三打發了去，自己還是留在房裡，卻並沒有把那張東西繼續寫。知道是快到吃晚飯的時候了；不一會他也就走出房間，蕩到外邊行廊上。事情是彷彿糾紛起來了，他慢慢想起；他們要開會，是那一種性質的會呢？到底是那些人呢？他急乎想等黎漢商量。可是黎漢一去就那麼一晝夜，弄得事情打頭不應腦！他有點急；他蕩到了校門口，候著。

一直到打晚膳鐘的時候都還不見；吃飯可是不能放棄的，吃完飯，他又去校門口候了一陣。難道今天又不回來嗎？四邊都已經紛紛點上燈火，他只好自己踱回房間，卻發現黎漢已經黑洞洞地一個人躺在床上。

「你什麼時候回來的？」開著燈，問。

沒答，睡熟了。

過去把他硬生生推醒，好久，才聽他咕了幾聲，勉強張開了一雙紅腫得幾乎張不開的眼睛，捻了一捻，並沒有坐起來，只指著床鋪前面的一個抽斗說：

「東西在這裡邊，你去找幾個人張貼一下，」說著，像非常吃力地把身體動著，「我真累得要死，一夜沒睡。」

姜立恆打開抽斗看了看——

「今天要貼出去嗎？」

「那自然。」

「不過事情有點變化呢。」

「怎麼？」

「你坐起來呀，我本來要跟你商量。」

「這樣不好說嗎？」

再也不肯坐起來，姜立恆只好由他躺著，自己把從陳三那裡聽到的情形說了一遍，隨後再加上：「照這樣子，我們是不是需要緩一緩，看情形再說呢？」

「啊，我當是什麼了不起的事情，我們當然照常進行，隨他們去，看他們有什麼花樣。」

「等上一天半天不要緊，別把事情弄糟。」

十二

「你去貼好了，憑我。」

「我是怕——」

「你別嚕蘇了。」黎漢轉身向裡床，還拿手掌遮住眼睛，擋住燈光：

「叫你去貼就去貼，還是讓我好好兒睡一會吧。」

「你究竟怎麼會累成這個樣子？」

「昨天到二點鐘那些人才散；後來——」本來這個話是人家不給隨便說的，可是話已經到了嘴邊，而且這樣得意的事情究竟能捨得不說嗎？他倒反顯得精神好了一點，稍稍回過身。「後來我跟尤丹初兩個人還在堂口招呼了一個跑棧房的，一直胡調到天亮。」

「正經事不辦，原來在攪女人！」

「怎麼不辦呢，你知道我們做了多少事情！發信，發消息，會議，跑腿，昨天半天，今天一天，過一天還得去，那兒像你這樣閒著。現在你趕快把這個貼了出去再說，該讓我歇歇了。」

「成問題我是不管的。」

「誰要你管——你還是替我把電燈關了，亮得不能睡。」

姜立恆看他又翻轉身，顧自己睡覺，便只好不再說下去，從抽斗裡拿了東西，依他的話熄了燈，就悄悄地離開了那黑洞洞的房間。

十三

一覺醒來，正捻著眼睛，在床上捱了一些時刻，就聽到從外邊傳來打鐘的聲音。同房間的三個人早就起了床，黎漢也打開薄薄的棉被，一邊撐起身，一邊順口問：

「是早飯鐘嗎？」

「那裡，已經是預備鐘了。」姜立恆答著。

想不到這一覺竟睡得這麼長，黎漢就趕快一步離開床鋪，伸著手臂打一個呵欠——

「昨天那東西貼出去了沒有？」

「都貼了。」

「有什麼反響呢？」

「現在還沒有。」

「可不是，我對你說……。」

他說了半句，就走到窗口桌邊去，用比平常稍稍迅速的動作洗了臉，梳了頭髮；正回到床沿邊穿著皮鞋，他才猛然想起頭一堂正是徐子修的課。如果早一點記得他也用不到這樣性急起身的；他把腳一踢，憑空罵了一聲「操」，還上什麼鬼課呢，再看徐老頭子的鬼臉嘴去嗎！

「咱們別去了，你還怕曠課不成。」

「也得外邊去看看，不知有沒有什麼花樣。」

「那也好。」

等黎漢把衣服穿著停當，便兩個人一起走出了宿舍，來到那條無論到什麼地方都必然要經過的長廊上。那地方是越顯得比平常漂亮了，昨晚上新貼上的標語是那麼鮮豔觸目。可是，卻像反不能引起前一天似的緊張和注意呢。不到上課鐘，走上廊來往的同學們還不多；就是看到的，也並不三三五五聚集著，只稍稍逗留就走過。黎漢帶著得意的神態這樣巡閱了一遍，他推推姜立恆的肘子說：

「你瞧，什麼事第一次幹過，第二次就容易了。」

「我可聽說這一次他們有準備。」

「陳三的鬼話你信他！」

「不單是陳三，昨天我後來還聽到……」

「得了，得了，像你這樣縮頭縮尾地什麼事都幹不了。你趁早別說，還是陪我去吃點東西吧，昨天晚飯都沒吃。」

「你一個人去，我吃過了。」

「一齊去吧，反正只要你的肚子，不要你的錢。」

說著，就不由分辯地把姜立恆一把拖，轉身向校門外邊走去。門口洋車零零亂亂，一些趕早課的教員們正陸續來到；黎漢把手照例插在褲袋裡，顧自己大模大樣走；半路上卻碰見尤丹初也坐著洋車趕來，才算點頭笑一下，也沒說話。

「那傢伙真厲害，」等那車子拉過了，黎漢往後邊指一指說，「每夜裡這樣胡調，一清早倒又趕得上！」

遠遠地又聽到鐘聲。

話這樣提了頭，黎漢卻禁不住又想起前天夜裡那一番景象來。他還打著呵欠，耳根邊像至今還能聽到那一派粗嗄淫褻的聲調，眼前還只看到那一個盡是肥肉的胸膛。走著，走著，一下子像連說話的心情都沒有了。

「究竟到那兒去啊？」姜立恆倒急著催問。

「過去再說。」

還過去嗎？他們早就走到了那家常去的小咖啡店門口。

「走來走去還不又是老地方！」

「這兒嗎？今天偏不去。」姜立恆倒沒有想到黎漢會變了主意。「推三推四的，帶她出去真像帶鄉下人進城了。外邊去跑跑，看多了，這種貨色真不值錢！」

十三

他打頭走進了隔壁一家沒有女招待的鋪子——

「點心還是這兒好，我們也好久沒來。」

進門才記得以前還該上三十呢不知四十塊錢的帳，可是已經進了店堂，就不預備縮回去；而且看到店主人還是笑迎迎過來招呼，沒提起，他就安心坐著了。

是打算捱過了這個鐘頭再回學校去的，他們過意拖蕩著時間，吃了這樣又那樣；別說那個沒吃過，就連吃過了早飯的，倒也並不是沒有好的胃口，沒話說，黎漢盡是興抖抖地談著女人的事，搬出了他語彙裡所有的形容詞來形容著，竟說得姜立恆都把心裡惦唸著的事情忘記，只顧聚精會神地聽……

本來一下子還不打算走，卻不料猛然有兩個同學急忙忙地闖進小店裡把黎漢的話打斷了。

「什麼地方都找過，怎麼倒躲在這兒！」

「找我們幹嘛！」

「怎麼不去！他們在那兒開會呢。」

「開什麼會？」

「今天沒上課，你們還不知道！」氣急地這樣說；「快走吧，再不去，他們，他們……」

真有這個事嗎？黎漢這才提起了精神，對姜立恆順眼一看，剛要罵出口的話趕忙縮住；明明是自己大意再要埋怨人到底太不成話了。他怔了一陣；「那麼我們去吧，」說了一聲，就帶著一夥人衝出那店鋪去。

「今天是一塊四角半。」店主人迎上來。

「好，好，一併寫在帳上再說。」

不想店主人卻過來把身子擋住他的去路。

「黎先生，還有以前四十多塊帳能不能今天……」

「真討厭！這一點錢還不放心。」

「不是不放心，我們本錢小，外邊去借要三分利；黎先生，你……」

「人家有要緊事情，你嚕蘇什麼！」

順手就把他一推，推開一條出路，一窩蜂走了。在回校去的路上，黎漢才弄清楚現在在開的是級會，是他們臨時召集的，通告就貼在課堂門口。

「是不是，我說要留點兒神。」姜立恆說著。

「現在還提它幹什麼！趕快我們也參加去，看他們有什麼辦法。」

四個人之中倒有三個是高二的，只有姜立恆是高三；就把姜立恆剩掉在前面課堂裡，讓他去參加他自己的，黎漢跟其餘的兩個跑到高二課堂邊，果然看見站在講臺上的並不是徐子修，卻是趙麟。看他們進來，全場五十多個人彷彿起了一陣小小的動亂，把眼光向黎漢身上集中。趙麟也稍稍把話停頓了。

「開什麼會呀，怎麼沒有通知！」大聲嚷著，卻沒人答話；黎漢向四面一看，三個人就一起去找了幾個聯在一起的座位坐下了。

趙麟等動亂稍稍平靜一下；就繼續說：

「對這提案各位同學還有什麼意見，請趕快提出，現在就要付表決了。」

「是什麼提案，根本不知道。」

黎漢對兩邊看著說。

「好，現在有幾位同學來遲了，沒聽到，我再把這提案的意思說一說——是因為大多數同學感到全校同學向來太沒有團結，需要有一個各級聯在一起的組織；具體的辦法還沒有討論到，現在正討論原則上需不需要成立。」

「為什麼要這種組織呢？」

「剛才大家提出的理由是這樣：本來全體學生是需要有一個經常的組織，尤其是最近，」說到這裡，他對黎漢定眼看了一下，就又字句清楚，從容不迫地接下去，「最近學校裡情形非常不安定，時常有人借用了全體同學的名義來做各種表示，我們為要用合法的手續來處置這種問題，就覺得正式的組織更是刻不容緩了。」

說這一段話的時候全場像顯得特別靜；大家沒有對講臺上望，卻把眼光不期而然地移轉到黎漢坐的那只角去，而且很顯然地看到他臉色一下子就變了。

「現在大家還有什麼意見哪？」

主席在臺上問。

黎漢對在他四周圍的人看了看，為什麼自己那些人都不開口呢！「我反對這個提案！」他沒辦法，卻並沒有站起來，就坐在那裡突然間這樣氣憤憤地大聲喊。

「那麼請提出反對的理由。」

還要提理由嗎？他這才從座位上不自在地站起來。

「我覺得……」一下子並沒有把這理由想好，「我覺得並沒有必要來。我以為……我以為這種組織沒有什麼道理……」彷彿以為這樣還收不了場，再想說幾句，卻愈焦急就愈想不出下文，他底好憑空站了一陣，又坐下了。

「好，現在提出理由了。有附議的沒有呢？」

黎漢趕快扯一扯身邊兩個人的袖口；兩個人同時說：

「我附議。」

「現在兩方面說的理由都已經很充足，為節省時間起見，就付表決吧。」

十三

舉手表決的時候兩方面都顯得有點遲鈍：投反對票的手只有兩只角上那麼六七隻，再等也等不出加添的；贊成的起先也是零零落落，全場的人互相望著，不動。可是主席重新說了一遍，又稍稍等了些時刻，手卻一隻隻加添起來，直到幾乎所有的手都舉著，再也看不出是誰了。

「大多數，通過。」

這許多不知怎麼會舉起來的手使黎漢餒了氣。「這樣糊裡糊塗的議案算得了數嗎！」還這樣倔強地咆哮了一句，卻還是沒有人理睬他，主席當做不聽見似地顧自己徵求著發動這種組織的具體方案，也有一些人站起來先後發言。黎漢青著臉，人家還說些什麼話他都沒有聽清楚；自然，他是連再聽下去的必要都沒有了。等一會，再也等不出道理來，他忽然間站起身——

「這種鬼會議開它幹什麼，我們走吧！」

把自己幾個人一個個拖著，一邊嘴裡又不知嚷些什麼話，就一塊兒悻悻然離開課堂，擁到了高三班的課堂前面；那裡也正聚滿了人，同樣在開會呢。黎漢就在那窗外大聲喊著姜立恆，把他叫出來。

「我們不要參加他們這些會吧。」

「事情不對呢，」姜立恆還沒知道高二班發生的事，他慌慌張張對黎漢這樣低聲說，

「他們已經通過了要組織代表會。」

「通過了這種議案你還不退席——我們走。」

「你們那邊怎麼樣？」

「別說了，看他們有什麼辦法。」

幾個人離開那地方，莫名其妙地跑了一陣，像是要跑回到宿舍去；走過那長廊的時候，他們還發現有幾張剛才還好好的標語不知怎麼已經給扯碎。

「誰扯的，你們怎麼不留心看著！」

但到底自覺到重要的還是由於自己的糊塗，他只問了一句，並沒有去追究，就跑過了。

「我們跑那兒去啊？」姜立恆茫然地問。

連領頭的黎漢自己也不知道呢。

「我看還是找尤丹初談一談。」

這才把無目標的腳步停下了，躊躇一會，「那兒去說話呢？現在也不知他走了沒有——」他隨意找到身邊一個人，「你看看去吧。」

那個人剛要走，卻又轉身問：「如果找到怎麼辦？」

「我們在這兒等他。」

「不好，」姜立恆插嘴說，「還是我們在校門外邊等，請他就出來。」

剩下來幾個人緩緩地走到校門外邊人跡稀少的大路上等著，誰也沒有說話；姜立恆時時把眼光對黎漢看，像要說話的樣子，可是看到他那副不願意談起似的臉嘴，也就不響了。耐性等，好久都沒有消息。

「操，我們等什麼，不上課一定早走了！」

「不過總等有了回音再說。」

終於得到了回音，說是：「叫我們等一會，他就出來。」

還要等一會嗎？黎漢實在已經焦急到恨不能立刻找到教員室去，可是已經等了這麼許多時候，只好捺住性子，再等著。又隔上好幾分鐘才看到尤丹初從裡面慢慢走出來，到門口，擋開洋車頭底邀襲，向兩邊一望，看到了他們，遠遠招呼著，走到他們身邊——

「等久了吧，他們也在那兒談起這事情。」

「要不要還找個地方坐坐？」姜立恆問起。

「不不，我就去，我還有許多事呢，」尤丹初匆忙地說，「你們這邊事情我大概也有點知道。他們究竟討論了什麼事！——我們一邊走一邊談幾句話好了。」

三五個人在路旁慢慢走著。

「他們已經通過了要召集各級代表會，恐怕不久一定會有表示。」

「會還沒開完呢，你們怎麼不參加？」

「是老黎叫大家退席的。」

「這種會開它幹嘛，叫人乾受氣！」黎漢囂囂然說。

尤丹初對黎漢一看，稍稍停了一會，才說下去：「這種情形我也猜得到。不過這沒有多大關係，重要的究竟不是在這一方面。什麼事等過明天就再翻也翻不出花樣來了。」

「我也說隨他們去，看他們究竟有多大能力！」

「不過……」姜立恆想插嘴。

「據我看，你們今天根本用不到聲張，只做一點調查工作就夠，明天早一點到我那棧房裡去，把情形說一說，等下午事情有了決定，我們再從長商量一方面一方面的對付辦法。」

「那個房間還開著嗎？」黎漢問。

「這幾天最要緊的，那能沒有一個接洽地點——明天你們兩個全來好了，正要人幫忙。」

「這樣也好。」

「事情還很複雜，現在多說是沒有用的。」

十三

再沒有說話，走了一陣，尤丹初猛然又轉過頭來對姜立恆：「不錯，你個人的事老黎對你說了沒有？」

「沒有說。」

「啊，談談旁的事就根本忘了，」黎漢這才記起來。可是現在已經用不到他，還是讓尤丹初自己說：「我替你進行的那個事情問題是絕對沒有的，不過近來實在忙得抽不出工夫來跑，總要等這兒事情告一段落。我怕你急，所以叫老黎先來通知你一下，總之，你放心好了。」

「這多虧尤先生這樣幫忙。」

「那裡，自己人還說得到這些話嗎？你只等那麼三五天就成——好，現在我想僱車走了，明天見。」

「明天上午一準來。」

「要早一點呢！」又回頭對黎漢。

「好，準定九點以前到，總不太遲吧。」

十四

說九點鐘以前到的，卻不料一耽二誤地在離開校門的時候就已經快十點了。到那邊怕不要十一點多嗎，這麼遠的路？黎漢簡直有些不相信時間的進行；他只好趕快一步，跟姜立恆一起出了校門，就跳上洋車一路上上下下，還換上兩截公共汽車，好容易跑來到約定的旅館。

「不知他會不會跑出去呢！」

兩個人走進棧房門，這樣說，就跨上電梯。

在五層樓上的那一個單人房間裡，今天想不到已經黑壓壓地看過去盡是人，雖然仔細一數也不過四五個，卻把小小的房間擠滿了。一看，幾乎都是些不認識的，尤丹初卻偏偏不在內。

「找誰呀？」

「我們找尤先生。」

正有點愕然，卻看見一個留著些小鬍髭的中年人從躺著的床上坐起來招呼；姜立恆還是不認識，黎漢可認識了——

十四

「是尤先生約我們來的。」

「不錯，他說起的；他現在有點事情出去了，就回來。你們請等一下。」

有人替他們騰出了兩張椅子，黎漢就拖姜立恆過去坐著。那中年人只把他們這樣介紹，「是德中裡兩位同學，」並沒有把另外那些人介紹給他們認識。屋子裡空氣像是凝重起來，誰也不說話，只是有的抽菸，不抽菸的提起茶壺來倒茶喝。過後，只又看見那中年人把另一個人叫到床上去躺著，聲音輕得不讓人聽到，咬住耳朵搗了好半天鬼。

黎漢也學著樣，把嘴湊到姜立恆耳根邊去說：

「那個有鬍髭的就是將來的陳校長。」

姜立恆像有點驚惶，他覺得倒需要仔細認一認了。

「另外幾個呢？」

「我也一個不認識。」

正悄悄地這樣談，那位未來的校長先生突然站了起來，拿著帽子，先對大夥兒說了一聲「那麼我們先走」，又轉臉對黎漢他們兩個，「你們再等一下，丹初一定就來的，有些事情他會跟你們接頭。」剛來得及站起來送，他已經帶著另外兩個人亂匆匆走出門去，只把四個互相不認識的人剩下在那房間裡。

這才自己對問了姓名，談了些無關痛癢的話；這兩個人跟目前這事情有點什麼關係黎漢始終也沒有弄清楚。他只覺得愈談就愈焦急起來，他簡直有點不想再等——

「還不來，我們怎麼樣？」

「是我們自己來遲了，」姜立恆卻這樣答，「還是等一下的好。」

直到該吃午飯的時候，才看到尤丹初推進房門來。

「呵，你們來了。」

「我們足足等了一個多鐘頭，你跑那兒去？」

尤丹初可是慌慌張張地沒有答應，也並沒有責問他們為什麼來得這樣遲。他只在房間裡轉了一個圈子，拿出懷中手冊來翻，又匆匆地跑到外邊去打電話。隔上一會，才回來，先對屋子裡其他兩個人問了幾句沒頭沒腦的話，把他們先打發了去。他頭額上沁著汗珠，稍稍安定下來，又過去開了窗，解了幾個紐子，舒著氣。

「事情怎麼樣啊？」姜立恆等他忙亂過了才這樣問。

「我正要對你們說……」

他坐下來，很顯然地已經不是先前幾天那種頗有把握似的神態，說話也像慢吞吞地不那麼爽利了。

「本來我還想托老黎跑一跑，現在可來不及。」

「情形究竟……」

十四

「事情是多少有點變化；想不到他們幾天來竟活動得這樣厲害；徐子修那老東西人緣倒又這麼好。」

黎漢起首還只漠然聽著，這樣說，他倒著急起來。事情有變化？難道徐老頭子真會攬成功嗎？他就搶著問：

「是不是校董會成問題？」

「現在當然說不定。」

「是不是他們那方面占了優勢？」

尤丹初沒有確切的答話，只含糊地說，「就是，就是時間太局促，如果再有那麼三五天，就有辦法。」

「你怎麼前幾天說得這樣有把握？」

「這本來是想不到的，誰知道竟有人肯替他撑腰！」

「那現在怎麼辦？」姜立恆惶然地問。

「辦法總會有：是立案的學校，校董會也有法子可以給解散的；不過這樣一來，近路走不通，倒要兜遠路了。」尤丹初說著，就沉默下來，好一會才又，「現在且等下半天有了決定再談，再過一個多鐘頭他們就開會。」

「難道我們各方面事前沒有打招呼？」

「招呼怎麼沒打，否則這幾天忙什麼！就是……」

卻不料黎漢也沉思了一陣，猛然間興奮地站起來，嚷著：

「我可無論如何不讓那老東西攬成功的！」

「你有什麼辦法？」姜立恆問。

「來一個反對一個看他還攬得下去！」

姜立恆不信任似地笑了笑，「現在可不能說得那麼輕易了。」

「老黎，老黎，」尤丹初彷彿也對黎漢的能力懷疑起來，他幫著姜立恆說，「我看你還是別從這方面去打算；如果事情有轉機，你還是再到你姊夫那兒好好地去說一說，那才是正路。」

「那容易。」

「去一趟當然容易，可要請他切切實實幫忙的。」

「他已經給各校董發了信了。」

可是據尤丹初所知道，卻並沒有一位校董接到過這種信；只是他也不願意逼得黎漢沒話對答，就隨便說，「你再去提一提總更好一點。」

姜立恆對黎漢看，「其實你現在就去跑一趟吧。」

「現在可不必了。」

十四

「那我們……」

「既然來了，就停半天聽了消息，商量了辦法去：也許下午會有許多事情的，現在說不了，只能坐等——」說著，呆定住一雙眼，茫然了一陣子。「趁現在空當我們且叫飯吧，吃飽了肚子再說。」

尤丹初站起來按電鈴招呼著茶房……

三個人吃完飯，在棧房裡心神不定地候上兩個多鐘頭，中間來了幾個人，幾次電話，卻都是無關緊要地並沒有帶來了確切的消息。他們無聊地把原先幾句話翻來覆去談；一直到三點過後，又是電話。這一次尤丹初出去了好半天才回來，回來的時候臉上氣色彷彿緩和了許多：他一進門就說：

「事情還好，還好。」

「怎麼，已經沒問題了嗎？」

「那是沒這樣容易的——不足法定人數，延會，要到下星期再召集。」

「會根本沒有開成？」

「只到了十個人，臨時改成談話會。」

「各方面空氣怎麼樣呢？」姜立恆只顧急迫地追問。

尤丹初卻像沒有心緒詳細答覆似的，只自己搓著手，想著什麼事情底樣子：彷彿隔好一會才聽到這問話，他含糊地說，「你說空氣嗎？據說好是不怎麼好，徐子修的問題已經有人提起了，不過不要緊，今天到會的就只有他們那邊幾個人，自然是一方面的話。只要有充分的時間……」

沒有說下去，又停了一會卻轉向黎漢：

「照現在這情形，又得勞你去跑一趟了。」

「現在就去嗎？」

「不一定今天，不過能夠早一點最好——這一回你得說得切實一點，事情要是攬不成，那可不是給人笑話！」

姜立恆也夾嘴說。

「真的，辛辛苦苦鬧了半天，倒讓人坐享其成。」

「這一回自然，這一回……」黎漢究竟覺得幾天來模模糊糊的對付有點說不過去，他只好讓人隱隱埋怨著，沒有聲辯；而且讓別人攬成倒也沒有什麼，給徐子修攬成他怎麼甘心呢！「這一回一定盡力幹一下就是，」他著實地說。

姜立恆又從旁慫恿。

「那你何妨現在就去，免得這麼遠再出來？」

「現在去是再好沒有，」尤丹初說著；「我看你別去找你姊夫，找你姊姊倒好一點。」

十四

「我也這樣想。」

黎漢給逼得沒辦法，只好站起來準備走。

「那麼這兒還要不要再來呢？」

「我看，我看今天也無需；我也就要出去，不知幾時回這兒，反正有事情後天可以接頭。」

「這樣我們只好各自回去了，」又轉臉對姜立恆。

「好的。」

應了一聲，等黎漢走轉背，姜立恆就悄悄地跟尤丹初咬著耳朵，「尤先生，你不能太相信他，他那姊姊又不是什麼正式的太太，不過是……」

「這個我知道，」尤丹初卻笑起來，「不正式的才好說話呢！」

「托老黎的事十件就有九件靠不住。」

「這一回我可料他一定賣氣力。」

「不過也不能單靠他的。」

「那自然，單靠他一個人還幹得了什麼事，不過在這一方面也伸一隻腳，總多少也好借一點力。總之，外邊的接洽你不用問，學校裡面的事，你多用點勁就是。」

「那麼我們在校裡可需要……？」

「現在——」尤丹初始終像是在想著旁的什麼東西，對這方面一下子並沒有具體的打算，「現在我倒也想不起來。我此刻就要走，他們在等的。等那邊進行得差不多，我們再，再商量對付學校裡邊的事。我們後天再談。」

十五

呂次青得到這同樣的消息已經在第二天，當天晚上他一回學校裡，想把它傳布，卻一下子找不到對象，就又怪不舒服地熬了一夜，到第三天，星期一，才老早就到教員休息室去張張望望。先是還沒有人，隨後看見來到的卻是尤丹初和徐子修；還是一句話都不能談的！他候來候去地總是候不到樊振民，可不知不覺已經到了上課的時刻。只好先去上過兩點鐘課，等退課下來再繞到樊振民那辦公室去，那才算找到。

「怎麼，你聽到前天的消息沒有？」迎頭就這樣問。

「什麼消息？」

「校董會開會的情形。」

「呵，那我已經聽到說起了。」

只這樣平淡地答，這答話似乎叫人掃興，想不到他消息倒也這樣靈通——「你怎麼已經知道，誰告訴你的？」

樊振民笑了一笑。

「我們在這兒說話輕一點吧。」

十五

「現在還怕什麼，幾乎是公開的事了。」

「事情究竟還沒有定局呢，呂先生，你也不能太過樂觀了。」

「這還怕成問題嗎？本來前天就已經可以發表的，就因為少到了幾個人，」呂次青還是這樣大聲說；可是停一會，他到底稍稍壓低了聲音接了下去：「不過這樣也好，我們倒可以充分準備一下，自己方面該怎樣布置，安排……」

正這樣說，有人卻替樊振民送了一封信進來，把話打斷了。樊振民先把信封一看，微微顯著驚異的樣子；他沒有話，只自己拆了信，把一張寫滿了筆劃零亂的字跡的信紙抽出來。那封信只看到半中間，就沒有看下去，停住了沉思著；隨後，他只把第二頁翻開來胡亂瞥了一眼，又注意了一下信封上的郵戳，終於還是一聲不響地把它連封套一起揣到懷裡去。

「什麼信啊？」呂次青忍不住好奇地問。

「沒關係，我們談我們的事吧。」

看樣子一定是有關係的，呂次青偏要這樣猜；可是人家不願說，他只好不追問。停一會——

「我說，」他又轉到了本題，「現在你總該把徐先生請出來，邀幾個人大家正式談一次話了；這幾天我是依著你的吩咐，絕口不跟他提，不過這樣下去究竟不是辦法，是不是？」

「也總得我先去接一下頭。」

「那自然，總得由你招集。」

「我今天本來就打算去一下的，正好順便談一談。」

「就是，我覺得，最好事情能乾脆一點，對前途也更有利，我們何妨開誠布公地談呢……」

「能乾脆當然是最好了。」

樊振民隨便答著，站起來，把幾冊課本移到了手頭。

「你今天還有課嗎？」

「有一堂。」

像還有好一些話想說，可一下子又不怎麼方便說的樣子；縱然不說，樊振民卻大致能夠懂得。兩方面沉默了一陣，呂次青終於叫人莫名所以地自己點著頭，說：

「好，那你上課吧；我去找敬齋談談，不知他來了沒有。」

「我們慢慢談；自己方面總容易商量。」

呂次青緩步地走轉背，樊振民就又重新坐下來，他無意識地把書本在角上輕輕翻著，並不看；隔一會，又摸出了口袋裡的信，詳詳細細地看了第二次。鐘打著，他不動，把信看完，仍然揣在懷裡，這才拿起書本，若有所思地走上課堂去……

十五

下午一吃完飯就到徐子修家裡來，卻只看見徐守梅端一張籐椅坐在廊檐下做針線。

「你爸呢？」

「他正睡午覺，」一邊開始把針線收拾。

樊振民向裡邊走去，對書房門張一下。

「你別去吵醒他，你過來，我有話對你說呢。」

「什麼話？」

「爸接到好幾封恐嚇信。」

她像報告一件重大的事情般低聲地說；可是這話對樊振民卻並不能造成她所想像的驚異，他只不相信似地問：

「好幾封？」

「昨天一封，今天上午接連收到兩封。」

「恐嚇信是我也收到的，不過只有一封，」說著，把衣袋裡的信摸出來，「你看這個。」

「你也有？」

把樊振民手裡信的接了過去，坐在籐椅上，很鄭重地看。他不聲；注意著她那種神色變化，彷彿倒也是一件頗有趣的事呢。靜心等她把兩頁模糊而又潦草的字跡一個個字認完，正想開口問一些話，她可先抬起臉，張大眼睛，態度非常嚴肅地說：

「他們是不是真有手槍的？」

「那誰知道！」樊振民卻笑起來，「你看到手槍兩個字就怕，看到真的手槍怎麼辦！」

「這究竟不是鬧著玩的，得留點兒神。」

「怎麼留神法呢？槍子兒飛過來也來不及躲。」

「你這樣說，就還是趁早聲明不幹拉倒，」徐守梅把信還給樊振民，態度顯得越發鄭重起來，「我是正正經經對你說呢。」

「你以前不是很贊成這事情？」

「誰想到他們會這樣攪法，何苦拿性命去拼。」

「對你說了吧，」樊振民看她當了真地，倒不好再憑空增加她的驚慌，只能想出話來寬慰，「恐嚇信總不外是恐嚇，小花樣也許有一點，這樣大來是不會的。我們總不能經人一嚇，就縮了頭；人家越是這樣，就越要幹。」

「怎麼你們這一回偏是一樣的口氣！」

「事情誰都是這樣對付的，那有你這種辦法——這且不談，我問你，你爸接到這信怎麼態度？」

「可不是跟你一樣！」

十五

「怎麼？」

「我詳細對你說吧。昨天起先他接到信也不作聲，樣子倒也看不出來；後來吃晚飯，他要酒，喝了酒他才說了，還把信給我看。就跟你這個差不多的口氣，不過還沒有那麼凶。今天兩封可不對了，也沒給我看，就放在抽斗裡，是我偷偷去看的。」

「別管信裡怎麼說，他自己怎麼表示啊？」

「真想不到的，他以前向來什麼事都不高興把自己起牽進去，這一回可不同了；他接到那封信旁的話不說，倒說是事情幹不幹本來還沒決定，這樣一下可偏不能放手。」

「他真這樣說嗎？」

「瞧你，聽他這樣說就得意了，應該不告訴你！據我看，還是放手了拉倒，真的。」

「你別這樣膽小，這沒有什麼道理。」

正說著，聽到屋子裡邊傳來咳嗽聲，顯然是徐子修醒了；他們把談話中止，沉靜中聽到他已經從後房踱出來，一邊叫著阿梅。跟這聲音一起，他們同時走進屋子去。

「振民在這兒呢，」徐守梅通報。

「呵，我猜到你今天一定會來的，來一陣了嗎？」

徐子修迎出來。他沒有穿長衫，只穿著一身縐縮的夾衫褲；剛從午睡中醒覺，臉色像比平常蒼白些，再仔細看，也像比前三兩天瘦了些——

「您怎麼，今天氣色彷彿……」

「沒有什麼，沒有什麼，」他卻總是不叫人提起，這樣把話擋開了就很快地接下去，「你過來，我給你看一點東西。」

樊振民跟徐子修走進書房去，也不叫坐，只見他立刻就在書桌上胡亂翻尋起來。「是找那幾封信吧？守梅已經對我說過了，我自己也收到這種信的。」

「你也有嗎？」

「內容大致總差不多。」

沒有答。只在桌上翻來翻去都沒翻到，「阿梅，我那幾封信呢？」

「不是您自己放進抽屜的。」

「呵，我近來記性真壞！」抽開抽斗果然在，就拿出來交給樊振民：

「你說你也收到，帶在身邊沒有？」

也把樊振民的信拿到手，坐下來看。守梅從旁面候著。剛才經振民一提她也突然間覺得父親好像氣色很不自然似的，光著頭頂，信還看不到半頁，額上就馬上刻劃了深深的皺紋。一天到晚在一起倒不覺得，仔細看，他真是比往年衰邁了許多，已經不是印在記憶裡的父親那樣子了。她同時也記起連著兩三夜他恐怕沒有好好地睡，雖然隔著房間，上半夜卻只聽到他咳嗽，時時起床來小解，怪不得從來不睡午覺的，今天可特別關

十五

照叫人別去喊醒他，讓他睡一下。究竟還不到五十，難道爸真這樣衰老了嗎？她悄悄地憂慮著。偏在這當口，倒有這麼許多麻煩的問題兜上來，就算事情平平穩穩地成功，將來也能有精力對付得過去嗎……

「該死，該死！」徐子修突然間把信一丟，這樣嚷，倒把守梅嚇了一跳。他站起身，對樊振民一望，見他還沒有把三封信看完，稍稍停一下，扭屈著嘴唇，等說話；可是倒底等不到對方看完，就在他跟前站定了說：

「這簡直，簡直是強盜行為了！這一種人，將來無論事情變得怎麼樣，我們總是要反對到底的。」

樊振民把沒有看了的幾頁信匆匆看過，拿它們一一都依舊套好在封袋裡，擱在桌上。他對徐子修望了一眼說，「其實他們也是最笨的辦法；這分明顯得他們對前途是沒有多大把握了，才用這一種狗急跳牆的手段。」

「你是這樣說嗎？」

「外邊的情勢差不多已經擺定了。」

「校董會經過怎麼樣，你知道？」

「前天是不足法定人數，延會到這個星期六，」樊振民從容不迫地說，「聽他們講，這一次延會倒是王校長活動出來的，跟他們並沒有關係。」

「怎麼，王校長還想回來？那倒也痛快。」

「回來是沒有希望了，不過為帳目方面，多耽擱幾天，可以準備一下。」

「旁的且不管，他們有沒有可能成功呢？」

「情形對他們是很不利的；前天臨時改成了談話會，也說起這事情——這一次恐怕您倒真不能擺脫了，那天到的幾位態度彷彿很一致。」

「呵——」

徐子修聽了這個話起先也沒有什麼表示，只是額上的皺紋一下子卻愈顯得深綻起來，低垂著頭，照老例在人跟前一來一去地踱，引得人眼光都幾乎要發暈。沉默中聽到的只是他從半塞住的鼻子裡呼氣的聲音。

「振民，振民，」好久才站定了輕輕說，「這事情我幾天來天天都在想。本來我實在也想不定。不過照目前這樣子，倒反不能退讓了；經人一恐嚇就嚇退，那實在也不成話。反正我又不是用什麼卑鄙齷齪的手段去活動來的。不過——」停下來啜吸著舌子，「不過，我怕自己總應付不了，現在精神也壞，腦筋也差，事實上各方面都要依仗你，可又不便叫你加上什麼名義。萬一真會成了事實，就我自己也不打算兼薪，一方面學校經濟也為難，一方面也免得人說話，你當然更要多犧牲一點的。」

「您還說這個話嗎！」

十五

「這倒不是什麼門面話，總要自己有了切切實實的把握，才能對人說負責兩個字啊。」

「我個人當然完全聽您指揮，不成問題的。」

「那許多同事呢？」

「也不成什麼問題，就是，就是有幾個最好籠絡一下，」樊振民趁機會扳轉到話題上來。

「怎麼？誰？」徐子修根本不懂得這話的意思。

「總有少數人想得一點好處。」

「誰呢？你明白一點說啊。」

「人當然也不多，」那一個卻是慢吞吞地，「就是張敬齋，他想一個教務主任恐怕想上好幾年了，還有呂次青，看樣子他彷彿想抓事務處……」

「有這樣的事？他們如果想要趁機會撈一點好處的，那整個他們去幹好了，我讓開。」

「想何曾不想，辦不到呢。」

「那他們還存什麼趁火打劫的心！」

「事情本來沒有什麼，不過這一回也算虧他們盡了點吹噓的力量。」

「我本來不想幹，我根本就不需要他們來吹噓。」

這樣斬釘截鐵的話使樊振民一下子沒有方法對答。倒是個為難的問題呢，心裡暗暗想；照這樣子兩方面恐怕就沒有可能拉在一起了，至於邀幾個人談一談，那可就更不必提。沉思著，看徐子修一時間倒也沒有話，走到書臺邊去準備抽菸，悄悄地把煙枝慢吞吞捲著；等點好煙，卻把椅子移轉了方向，又說：

「本來呢，我對什麼人都也並沒有成見。不過第一，他們愈是想要，就愈得防備一下。就如事務處，就最容易出毛病的；如果還跟以前一樣，那怎麼成。還有一點，這樣辦在原則上也剛巧跟我的打算相反。」

「什麼打算？」

樊振民並沒有好好聽，只隨口問著，自己心裡卻慢慢有了新的決意。

「我是預備各方面裁併一下的。」他也是沉思著底樣子。「你瞧，有許多職位都根本沒事幹，學校裡，設備可這樣簡陋，圖書館沒書，實驗室沒儀器，只要減少一個名目，每年就至少也好添多幾百塊錢設備費……按理，有這麼些經費也不至於……不至於……」

話說到這裡，突然停住。隔一會，把還剩下大半枝的煙猛然向痰盂裡丟，拿手伸上去捧住了頭額。這意外的動作樊振民沒看到，守梅卻慌張地喊：

「爸，你怎麼樣？」

十五

對他一望，樊振民也看到他臉色忽然間變得更蒼白起來，額上還微微沁著汗珠——

「怎麼？」也詫異地問。

「忽然間頭暈，阿梅，你扶我一下。」

他們兩個人同時趕過去，把他扶住，讓他躺倒在椅背上，看他像非常疲倦似地喘著氣；好久，才似乎稍稍平復了一點。

「好一點吧？」

「好一點了；現在真不成，一用腦筋就……」

「爸恐怕受了寒，」徐守梅這樣說，替他到後房拿過那件夾衫來，兩個人幫著忙替他穿上。穿衣服的時候徐子修總覺得昏昏然，有點站立不穩，可是嘴裡還是「不要緊，不要緊」地連聲說。

「我看您還是休息一下吧，現在也沒什麼話要說了。」

徐子修不響，又坐了一陣，到底像支持不住，他就只能「去躺一下也好」這樣說了一句，叫女兒扶著，走進臥房去。

「您其實也不必多費心，做到那兒算那兒。」

樊振民看他給扶進房，就自己一個人退到堂前，坐著。這彷彿有點像腦充血的徵象，可是這樣瘦的人，又不對；偏偏在這緊要關頭倒害病，也算是不巧。不過，他又繼續想，倒是個對呂汝青那邊搪塞的好藉口呢。對他們就用點手段吧，利用他們的力量把事情攪成了再說，料他們到那時候也就沒辦法。這樣也許太狠了一點，可是，可是……

正想著，徐守梅卻已經從裡邊出來，她面帶憂容地問：

「你看要緊不要緊？」

「大問題是沒有的，很普通的病；明天如果還這樣，找醫生看看也好——現在怎麼樣？」

「現在睡了，他不叫我陪。」

「不過你明天無論如何不能讓他上學校去。」

「只要稍稍好一點，他恐怕又不肯。」

「這回你無論如何給攔住了；不但為他自己身體，而且他不去，對進行的事情也便利得多，免得有許多事情要他當面。」

「你總是單記著這一些！」

徐守梅抱怨似地說，像嫌他把對父親健康的關心倒放到那些勾心鬥角的作用的後邊去；樊振民也覺察到，他不再從這一方面說下去，只停一會就站起身。

「我停下再來看看，現在還有事。」

她也沒留他，只茫然地跟著走出去——「據我想，你們真還是把事情推辭掉算了；就

十五

不說人家搗亂，爸這樣身體也不成。」

「事情開了頭，那能就收場。」

「那叫他怎麼受！」

「無論如何我總設法不叫他為難就是，你放心，」樊振民只好這樣寬慰著，一邊就自己拔開了門梢。

十六

晚飯時候還支撐著起來，徐子修到底覺得頭腦昏昏然，地像是浮動著，屋子像是旋轉著；同時他也沒有好的食慾，吃了半碗飯，下半碗就淘了些開水，像送丸藥似地吞下地。女兒憂慮地瞧著，好久，才耐不住輕輕說：

「爸，你就請幾天假算了。」

「請假！你知道我二十多年總共請了幾天假？」

到第二天，果然在照例的時刻，他就已經摸摸索索地起身來，把周身上下穿得整整齊齊的；女兒聽到他的聲音就趕忙來到他臥房裡，看到他下了床，在屋子裡沒倚旁地站著。

「爸，今天好一點吧？」

「……」沒有答；他只覺得連這樣站一下都勉強，整個身體彷彿失去重心，隨時都可能倒下來似的。

「你比昨天還厲害呢。」

「好，好，讓我去寫一個請假條子，停一天算了。」

十六

「其實也不用寫，」女兒過去把他扶住，「事務處這幾天沒有人。」

「有沒有人是人家的事，我總得做了手續。」

他就扶在守梅的肘子上，勉強走到外間；她給翻開墨盒，攤好紙，他覺得拿筆的手都在抖動著，寫下的字也不像自己平常的字了，那麼毛，那麼粗。好容易寫完了一個條子，就似乎一分鐘也再支持不下去，任憑怎麼崛強也只好再給扶回到後房，把身體重新交託給床鋪。

「究竟覺得怎麼樣？」

「……」不說。

「過一會還是去請醫生來看看。」

徐子修停一下只這樣答，「你早點去，條子一定要在上課之前送到的。」

「馬上就去，還早得很呢——我想還是請個醫生來。」

女兒又偏是那種非要父親答應過就什麼事都不敢做主的脾氣，她候著，非到有了確切的答覆不敢放心似的。

「好好，你去跟振民商量吧。其實是不要緊。」

說著，像不願意再嚕蘇，就把身體轉向裡床，胡亂拖過一條薄被往身上一蓋，不聲。女兒停留一會，只順手把被整一整好，幾天來天氣陰溼，免得他受寒。正預備走，卻看見父親又稍稍回過頭來說：

「今天剛巧星期二，劉醫生來的，叫振民同他順便來一下好了。」

「劉醫生恐怕不大……」

「又不是大毛病，這一點不會醫嗎！」

守梅不再聲辯，就悄悄地退出房門去，讓他自個兒睡。不到一小時之後，她就從學校裡送了請假條，找了樊振民，回來，輕手輕腳踅到房門口一張，這一回倒睡熟了，她才稍稍安心。

不到午飯時候樊振民同了醫生來，先由守梅進去通報，把父親緩緩叫醒。可是請的醫生卻並不是劉校醫，不知是多遠的路程找來的，這樣地興師動眾他似乎不高興，只是，當著面，又由樊振民陪著，不好說。醫生問了病狀，特意測了血壓和體溫，起先一句話也不說，等開好方子，才——

「不要緊，休息三兩天就好。」

徐守梅跟著醫生走出臥房，到堂前，性急地問：

「究竟什麼病呢？」

「是老毛病呢還是頭一次？」

「以前並沒有。」

十六

「那不要緊，不過是一時的血壓過高；時常發就麻煩——他喝酒嗎？」

「有時候也喝。」

「酒可無論如何不能喝，防他復發，平常只要少用心，多休息，就沒問題，他體質本來也不算壞。」

把醫生送出門，她就跟樊振民一起回進來照樣說：

「他關照少用心，多休息，酒絕對不能喝。」

徐子修像沒聽見，他只隔了一會顧自己對樊振民說，「不過這幾天不上學校去，他們會說是假生病，給幾封信嚇怕了，不敢出門。」

「您再別這樣東想西想了；他們要怎麼說就怎麼說，有什麼關係！」

「眼面前剛巧有這麼許多事情啊。」

「您暫時就別管它，我會替您留心，總不會怎麼樣。」

樊振民這一回不但自己沒有提學校裡的事，同時還恐怕他提起，只稍稍陪了一陣就離開；到下午去配了藥，自己送來，卻並沒有去打擾他，只輕輕地在外邊跟徐守梅問了幾句話，也就匆匆走了。

自從服了藥，病狀縱然沒有加深，夜裡卻還是不能好好睡；到第二天早晨，頭腦照樣昏昏然，躺在床上還過得去，稍稍從鋪裡坐起身，就彷彿前額上帶著一個沉重的冠，會把身體壓下來。這情形，憑你多麼煩燥著也只好繼續再請幾天假；可越是請假，他卻越像是有許多事情放心不下的樣子，看女兒在面前，他滿肚子不自在地老這樣嚷：

「那兒去找來的醫生哪，藥吃下去一點沒有用！」

「才吃了幾片總沒有這麼快。」

女兒留心著，按時候總拿藥片去看住他服。

直到服了兩天藥，他才把對醫生的咒罵停住，只自個兒對床鋪和被窩感到討厭起來。老這樣躺著可不把人悶死嗎？他時常坐起身，要煙抽，可是幾次都讓女兒費盡口舌，仍然按下到被窩裡，一邊買一些淡而無味的卷煙來讓他過癮。那一天下午，他像再也熬不下去，趁女兒上了學校，就把那個除開收拾房間和開飯的時候之外從來不看見的，半聾半啞的女佣人大聲叫了過來，叫她到外邊廊檐下放好一張藤榻，墊上一些被縟，自己扶牆摸壁地出去到榻上躺一會。

「明天一定可以起床呢！」

心裡這樣想。

看著天，遼闊的天，看著太陽光，他覺得心境也慢慢放寬了一些。究竟有什麼事情需要這樣苦苦地打算，操勞呢？一個人只要俯仰無愧，旁的還管它什麼呢？白天盡了本分，盡了人事，晚上就痛痛快快蒙著頭睡覺；什麼事想過就做，做過就放開；旁的且不

十六

說，壽命多少也好長一點了。經這樣想，幾天來的睡不著覺倒反顯得有點好笑似的……這樣舒舒服服躺一陣，差不多到了女兒快回來的時候，怕她又來嚕蘇，麻煩，究竟也算是一分好心呢，他就悄悄地溜回到床上，還叫把藤塌收拾得幹乾淨淨，不留一絲痕跡。

又一天，藥是無需女兒底監視就留意地吃，只是，要他在床上再悶一整天卻無論如何辦不到了。縱然答應學校裡再加添一日假，可是經女兒三攔四阻的，他就一時間又變得暴燥地喊：

「今天無論如何要起床了，我已經起來過，一點沒有什麼！」

「幾時起來過？」

「昨天你上學校的時候。」

本來打算對女兒瞞住，到底自己說了出來，她知道沒法子再阻攔，就小心地伏侍他起了床。他把頭輕輕搖著，就比昨天還輕鬆點：前幾天那頂沉重的冠，已經不知到那兒去。

「氣色是的確好多了。」

守梅看他已經能夠穩穩靜靜地走路，不再歪來偏去的，也就放下心。

「那個藥真有點意思，一個方子就……」

「換了劉校醫恐怕就沒這樣快。」

「我想明天可以不用請假。」

「明天是星期日，自然就用不到請假的，」她也打趣著。

明天是星期日，徐子修倒沒有記清楚：這麼說，今天就是星期六了。事情要決定就是在今天，可是他睡了這麼一星期，樊振民來到也只是問候病狀，從來就沒有提起過一句學校裡的事：上星期鬧了怎麼許多花樣，這個星期有什麼變化他簡直一點也不知道呢！他一下子像急乎要知道：停上一會，他對女兒說：

「停下你去把振民找來，有些事情我要跟他談談定。」

「怎麼，剛好了一點就又記起這一些事了，」聽到這突然的話詫異地對父親一望，她低聲這樣答。

十七

天生成的勞傷命總是受不了閒空的，病體一復原，獨自個留在家裡，有些工作倒像還沒有多大的氣力做，徐子修只這樣坐著，躺著，就又覺得空洞洞地自己無聊起來。他有點性急地等著樊振民，等著女兒回家。今天這幾小時候的孤獨比不了平常：平常翻報翻書，弄花弄草，時間就飛快地過去；今天可只是看著太陽光，看著鐘面上的分針，那些東西行動可都那麼遲緩，簡直有點會叫人生氣似的——

「他們還不來，學校裡事情到底不知怎麼樣。」

時常這樣惦念著，他忘記已經整星期地這樣等下來，這短短的幾小時倒像再也等不及的樣子。

女兒倒是準時刻就回家，還是父親自己去開的門。

「你瞧，我已經很好了。」

這一回徐守梅卻並不像前幾天似地一回家就嚕蘇地問著他的健康，進門來一個字都沒有說，也彷彿沒有對他好好地看一眼，只拿手帕自己捻一捻鼻子，就慌慌張張走進臥房去。父親可並沒有發覺什麼異樣，他也回到自己的藤榻邊，躺著。

十七

等上好久都沒有看見女兒出來。

「阿梅啊，」他喊著。

應了一聲，還是不見她出來。起先還以為是女人的私事，他只好耐性等，可到底開始覺得有點詫異了，他又喊：

「怎麼躲在房間不出來，我有話問你呢！」

又隔上一陣，才一聲不響地來到父親身邊，站著不動。

「你找到了振民沒有？」

「沒去找。」

「怎麼，我叫你去把他找來的……」

沒有答話。徐子修偶爾抬起臉對她望了一眼，他吃驚。女兒眼圈紅著，腮頰上顯然還留下沒有來得及拭淨的淚痕。

「怎麼，你怎麼！」他不再追問自己的話。

「我身體不舒服。」

那裡是生病的樣子，分明是躲在房裡哭過了！「你究竟什麼事啊？」徐子修從塌上坐起身來問。

「我真沒有事，」聲音卻微微抖動。

「你哭了。」

「……」

「阿梅，阿梅，」平常是那麼剛愎的父親卻一下子把口音變得那麼柔和，「你一定有什麼事，不用瞞我的，好好兒對我說，我不能讓你吃虧。」

這事情能對父親說嗎？如果在平常，在外邊受了這樣的委屈，她一定立刻就跑回家來，在他跟前訴說一個痛快，或甚至哭一個痛快的。可是想到父親底病體剛好，這事情又定然會把他激動，她這一回原是打定主意對他瞞一個透頂，卻不想自己抑制不住的感情到底把事情泄漏了去。不能，不能的！她起先還想勉強支撐，卻自己禁不住那種溫情的慰問，倒像越發裝瞞不下去的樣子。心一軟，鼻子稍稍翕動，她終於出人不意地轉過背，又跑回到自己房裡，向床上倒下身，兩手抓住枕頭衣；縱然還熬住聲音，按捺不住的眼淚可只好讓它毫無阻攔地流著了。

「阿梅，你出來，對我說怕什麼！」

父親還在外邊嚷，她卻連應一下的聲音都沒有。

總算還能聽到父親在外邊站起來，向她那房裡走，她趕快把床跟櫃臺子上的一張報紙拿來塞在枕頭下面，拿自己底臉頰把枕頭壓住。

「你這樣也不對，究竟……」

十七

徐子修走到她床跟前來問，心裡疑東疑西地再也猜不到什麼事。

「爸，你這種事不用管。」

「你受氣我也不好過，你對我說。」

「別問吧，別問吧！」

只見女兒越問就越哭得厲害了，徐子修沒辦法地站了一陣；可是他到底也放不開，又走近一步，在她床沿下坐下，在她身上輕輕推。正要開口，她把身體一轉，無意中讓壓在枕頭下面的那張報紙露出了一隻角來。他瞥見了，是一分小報的樣子。

「阿梅從來不看這些東西的。」

正轉念間，女兒已經慌張地看到了，像要來奪，徐子修卻趁先那張報紙拿到了手裡。

「爸，你看它幹什麼，看它幹什麼！」

發急也來不及，父親已經翻開了那一分不知誰特意寄給她的報紙，而且已經看到那一段用紅筆圈出的文字了。為什麼到底會讓他看見呢！她乾脆就放聲哭，連聲叫著「爸」，卻不知道要怎麼說下去。

那文字的標題是，「城西某中學學潮祕聞」；文字旁邊還連續不斷地畫著許多紅圈子。徐子修一眼望去就看到了無數的「徐某」。先還只說他「老朽昏庸」，說他「存非分之想」，再往下可就更難入目了。也沒有心思仔細讀，只是，「徐某有女，賦性浪漫」，「青年男子趨之若鶩」，「花前月下，事有不可告人者」，「徐某能得一般輕薄教員之擁戴，蓋非無因」，這一類奇怪的字句卻像混做不能分辨的一團，弄得他心亂眼花，直到已經把報紙放開，都還像看到這些字句變成無數的妖怪在他眼前亂跳亂舞著……

只自己還意識到需要鎮定；他好久沒有動一動，沒有說一句話，直到稍稍恢復了心境平衡，才從床沿上站起來，也不繼續替女兒勸解，只顧自己沉下臉，走出了那個房。

已經是四十七歲的年紀了，他卻從來沒有發現過人類竟會是這樣卑劣的。他想起自己潔身自好的一生，自己那種剝奪了個人的享受，辛辛苦苦為人服務的一生，到臨了，這世界卻拿這樣的待遇來給他做酬勞嗎？這世界，這人類！難道竟沒有黑白，竟沒有是非了嗎？他一個人在堂前茫然地踱，全身被一種殘酷地刺痛著的悲憤所占據。

「這，這樣下去是不成的！」

他覺得自己不能讓人隨意誣賴，讓人隨意冤枉；他需要聲辯。他悄悄地計劃著措辭強硬的更正信，在信上要原原本本地說著事情經過，要把他們那種卑劣的動機和手段毫不客氣地揭穿。他有什麼可怕的！他是什麼犧牲都準備著了。

重新走到女兒房裡——

「這種事情哭有什麼用呢！」只這樣勸了一句，就伸出了手，「你把那張報拿給我。」

徐守梅的悲傷已經比剛才稍稍平復了一點；她看看父親那種氣色，倒開始替他擔心起來。拿手帕揩了揩眼淚，輕輕地說，「爸，你不用再看了，看了也只有乾生氣。」

「你拿給我，我要寫信去更正。」

「那上面也沒有指出名字的，怎麼能寫信去！」

他們就是這一種該死的辦法呀！你如果認了真，他就說不一定講你，可以賴得幹乾淨淨；果然不一定指你嗎？可又是無論誰看到都再明白也沒有——這一層徐子修倒是沒有想到的。

可是就這樣讓他們逃避過去嗎？不成，不成……

「我不管它，不管它，」徐子修咬著嘴唇，急迫地呼著氣，還這樣咬定了說，「你拿報紙給我啊！」

十八

徐子修一股勁寫完了那封更正信，連自己也沒有重新看一遍，就封好口，貼上掛號郵費，拿來交給女兒，不由她分說地逼著她馬上去投寄；女兒倒一時間覺得為難起來，她拿信封正面反面翻看了一下，囁嚅地說：

「爸，你裡面說些什麼話？」

「你別管它；你去寄掉就是了。」

「恐怕到底不妥當。」

「好，那我自己去寄吧，你拿來給我。」

「又不是我不肯跑，」守梅輕輕說，「我不過想，什麼事情今天都要決定了，等振民那邊有了消息，大家商量一下再寄，遲幾個鐘頭發出總不要緊……」

父親沒有答，他看了看堂前的鐘，已經快四點——

「再遲今天還寄得出！」

「現在就太遲了，不知趕不趕得上；其實等到明天也不要緊，報紙反正還是三天以前的。」

把信寫完，就像一口悶氣已經發洩不少，再經守梅這樣說，心裡倒底也覺得不是完全沒一點兒理由。「好好好，那隨你，」卻還是那麼沒有好聲氣地說，算是讓步了，「你要看只管拆開來看吧！」

漸漸，那一種劇烈的悲憤是開始被等待樊振民的焦急所替代；怎麼今天這緊要關頭他倒這樣遲遲地不來呢！他時時看著鐘，疑惑著那事情不知究竟會怎麼解決。本來，幾次三番的校長問題他向來就不給放在自己的本分所需要注意的範圍之內的，他不問，也從來不大有人跟他談起，這一回，他卻再也想不到地竟變得這樣關切了；本來他對這些事情從沒有意見，這一回他卻那麼堅決地不願意讓對方攬成了。偶爾想起，他就咬牙切齒地在心裡罵：「該死，該死！」完全是個人的怨毒嗎？可是這世界總還得應該有是非，有正義；他不願意承認這完全是為著自己，世界是根本不能容許有這種惡勢力的存在的——

「可是為什麼還不來呢？」

直到上了燈，已經開出了晚飯，正以為今天是等不到了，卻剛巧門鈴響；徐守梅放下筷子去開門，跟著一起進來的卻果然是樊振民。

「爸等得你很心焦呢，」她聲音到此刻還帶點不自然。

「本來早就要來，卻無論如何走不脫身。」

「吃了飯沒有。」

「飯是沒有吃，不過現在倒吃不下，我停一會再看。」

態度像有幾分嚴重，徐子修是一下子就可以看出來，他也停下筷子，性急地問：「事情決定沒有？」

「想不到的，想不到的……」

「怎麼？」

「不過現在您吃飯吧，吃了飯我可以詳詳細細說。」

「我也有事情告訴你。」

經這樣開了頭，這一餐晚飯當然又吃不停當了，不但徐子修，就連守梅也是氣脹的肚子，沒法子好好地下嚥。菜幾乎就沒有動，兩個人只吞了一些飯就潦潦草草叫把碗筷收拾了去。樊振民把這情形看在眼裡，心裡暗暗詫異著：難道他們已經先得到什麼消息，還是又生了什麼旁的枝節呢？

徐子修看女兒先吃完飯，就叫拿那分報紙跟那封信出來給樊振民看，自己卻不聲不響地走進書房裡，開了燈，緩緩地捲起一枝煙，抽著，又熄了燈，仍然走出來。

「還有這樣的事嗎！」

約略地看過報紙記載和徐子修的信，樊振民只覺得一下子事情是愈來愈紛雜了。他

十八

把信放下，沉默了好一會，才對徐子修看了看說：「這信也有問題，不過我們慢慢談，我要說的事情還多得很，而且各方面都有連帶關係的。」

「那先說你的吧。」

「事情真想不到，校董會已經通過了陳平初，明天就可以正式發表。」

「怎麼，他們竟……」

「誰也想不到會給他們活動成功的！」

「……」

幾天來縱然也偶爾擔憂著這一類的消息，可是到正正式式聽到這句話的時候，他卻也像受到意外的打擊般一下子竟不知該怎麼想才對。他只用勁地抽了幾口煙，嘴唇說話似地翕動，卻聽不出聲音來；好久，才叫人聽到地說：

「你那幾天不是說得毫不成問題的樣子？」

樊振民到這時候自然也些微感覺到，自己多少受著過分樂觀的呂次青底影響了，可是他還不願意全部地承認。「我們那想得到他們那種下流的手段！」他一半報告事實，一半替自己辯解地答：「他們是上上下下都有勾結，還用取消立案，解散校董會這些話來恐嚇，才活逼四六地做成功。」

「那簡直是強搶了。」

「他們本來就是強搶！說法定人數吧，今天也不過到了十一二個人，有幾位上次到的，能夠主持一點正義的，這一回竟弄得不敢出席，只好無形放棄。所以兩次同樣的校董會竟像完全換了一幫人的樣子。」

「這事情我們從頭就攪錯，」徐子修沒主意地搓著手，走來走去地說。

「我們就是錯在說進不進，說退不退。」

「可是我本來就不要啊。」

「為要抵制人家，不要也得要，不想活動也得活動呢！我們是等人送上手來，他們是搶，這結果其實也是勢所必然的，並不能說怎麼意外。」

暫時沉默著。

徐子修從鼻孔裡重重地噴著氣，過去在椅子上坐下了。單想自己方面呢，他本來並不希望成功，自然也說不到失敗；可是，可是他能讓這班人輕易拿去嗎？自己就甘心消極地一走了之嗎？這班人！這班人！可是他能用什麼方法來對付這班人呢……

父親那種神色徐守梅清楚地看在眼裡，怕他又會支持不下去，卻又無從勸解，只輕輕對樊振民說：

「既然事情已經決定，那就只好算了。」

「你算得這樣容易，你忘記報紙上造你謠言的是誰！」

徐子修就這樣搶白。

「就算呢，我想沒怎麼容易，」樊振民也這樣說：「事情當然還有後文。」

「你說還可能挽回嗎？」

「我們自然也不是沒法子對付的，就是……」

「什麼辦法？你說呢。」

「我就怕您也許不大贊成。」

「現在只要你有法子我都不反對，你說呢。」

「我是想聯絡全體教職員，聯絡學生，正正式式派代表到校董會請願去，要他們收回成命。」

「恐怕不容易辦到吧。」

「事實上也不難，」樊振民看徐子修並沒有絕口否定，他就緩緩說下去，「學生方面是有了準備了，他們現在就已經在那兒開會，推代表，明天準可以發動。到是教職員方面，可還需要先談一談，大家都主張明天也得召集一次會議，看情形再說。」

「不過要是請願他們不接受呢？」

「那就來它一個全體的罷課罷教，大家堅持下去，反正把風潮鬧大了再說——教員他們是有地方拉的，學生總沒地方找，而且現在學生態度比我們堅決多呢。」

「照這樣說，其實只要學生罷課就夠了，教職員要上課也無從上起。」

「不過總還是團在一起的好，聲勢也大一點。」

「……」

徐子修一時間又變得沉思起來，他沒想到樊振民還有這樣潑辣的手段呢，居然可以攪到學生全體罷課！不過要是真一罷課，要是風潮真鬧得擴大了，「不過我想，」他好久才說，「這樣學校底基礎也許會動搖，竟弄到解散都說不定……」

「這原是破釜沉舟的辦法呀，」樊振民卻那麼激昂地聲辯，「您只要想，學校如果掉在他們手裡，還有什麼好結果的，倒不如開了門痛快。」

「……」

「其實他們辦學校，會不會不是誤人子弟呢！」

「好，好，」徐子修煩亂地說，「那就什麼都隨你吧，我實在也沒有主意。」

這樣說著，停一會，又站起來到裡間去拿煙抽，他像一下子感到精力不濟，需要著加重的刺激了。守梅看到父親這樣就越發擔心，正想到樊振民跟前關照他少說說幾句話，卻轉眼間就看見他已經回出來，一邊把煙絲放在手掌心搓著——

「不過有一層你得注意，」一出來就又這樣說，「事情就算能挽回，我可無論如何不幹的，免得人說我們自己有野心，所以要搗亂人家。」

十八

「這個我也明白：反正現在我們單是反對某一個人，並沒有推戴某一個人，以後的事當然還由校董會去決定。」

「這樣就好——你還有什麼話沒有？」

「爸恐怕精神不大好，」徐守梅再也忍不住地插嘴。

樊振民對徐子修看了一眼：他能不來麻煩自然是不來麻煩他的，可是目前這重大的事情能根本不提嗎！他站起來。

「就還有一句話，明天那個教職員底會您打算——？」

「在什麼地方呢？」

「打算借汪德鄰家裡。」

「為什麼要攬到那兒去？」皺了皺眉頭。

「是呂次青提出的，大家覺得學校裡到底不方便。」

守梅又對兩人看一眼說，「我看爸這幾天還是不要出去吧。」

「您去不去倒不一定要緊，萬一有什麼事，我能不能代表您呢？」

「好，還是你代表了拉倒。」只覺得頭腦又開始昏亂起來，徐子修簡直什麼事都不能再想下去了：他只揮著手煩躁地繼續說，「以後有些事你也不必來跟我商量，你放手做去就是，做錯做對我都不怪你。」

「那我也不多坐了，我連飯都完沒有吃。」
「就在這兒炒點冷飯吧，」徐守梅這樣說。
「不，我隨便那兒可以吃的。」
正要走，倒是徐子修偏偏又想出事來，又把他暫留住了。
「不錯，還有我那封信呢？」
「那封信，」樊振民也到這時候才記起來，他想了一想，「我就是覺得措辭太，太殺辣一點，完全沒有留後步。」
「事情到這樣子還留什麼後步！」
樊振民知道對方又把自己的話誤解了；他說太殺辣，那是意味著信裡面所說的絕對不願意來負校務全責那一類話的。可是他覺得要仔細辨明也太麻煩，而且經徐子修剛才聲明過，情形多少也不同；他停了一會只好這樣含糊地答：
「既然您覺得這樣對，就這樣寄出也不礙事。」

十九

在一家小鋪子裡胡亂吃些點心當夜飯，還出發去跑了一些地方，找幾位同事談了一些話，等回到寓所來，打進門，看看床頭那個鐘，已經快十一點了。到這時候，樊振民彷彿才開始敏銳地感到這一天忙亂的疲勞；他伸著腰板，輕輕著腿，就馬上脫衣服上床去，一邊熄了燈。明天事情還多呢，早一點睡熟吧。

這連續的七八小時之內，他不單身體沒得到片刻的休息，就連腦筋的活動也都沒有一分鐘以上的停頓。跟多方面的接洽，許多事情都需要在不容考慮的瞬間之中決定，一決定就再沒有蹉商的餘地，馬上幹了。這許多決定能不能完全沒有問題呢？自己說的這許多的話，對學生，對同事，特別是對徐子修，究竟是不是能真真實實地負責呢？現在，在床上，稍稍寧靜下來，卻在一種過度興奮的反照之下，他竟越想早些睡熟就越是轉輾不能成寐。那些生吞活剝的問題彷彿都需要叫他到這時候來慢慢消化；他想起呂次青怎樣從過分的樂觀一下子就變得驚惶失措，沒一點辦法；想起少數同事的虛與委蛇：想起徐子修那種徒然自苦的憤慨。只是學生方面或者比較有些把握了，他們有的是熱情，有的是團結和力量；不過，這種團結如果再意想不到地中途給破壞，那可不是整個

十九

兒的事情都瓦解了嗎？照這樣，事情幹是幹，前途還根本不可逆料呢。想起這些情形只覺得心緒更紛亂起來；越是興奮就越是急燥，他老是耐不住地自己心裡嚷：

「睡吧，睡吧，多想它也是沒有用的！」

他還開了燈，把那架鬧鐘準備到明天七點鐘的時候叫它鬧，免得起不了身……

等鬧鐘響，他果然醒了，不過只暫時的。朦朧中他計算一下昨天夜裡睡熟的時間，大概總共不過四五小時吧，眼皮上還像牽著一根線，張不開，頭腦只是昏昏然；只一轉身連自己都做不了主地又睡熟過去。這一回可再沒有鬧鐘來叫醒，直到他在半夢不睡的狀態中自己驚覺，摸過鐘來看，可已經十點多——

「該死，該死，怎麼可以這樣耽誤的！」

這才自己埋怨著，唯恐不及地起了床，一邊捻著眼睛，胡亂洗了臉，漱了口，連早飯也不預備吃，就走出家門僱了一輛洋車趕上學校去。

離開還算不到一晝夜，走上那條慣常的長廊的時候，他竟馬上就得到一種已經換了一個時代似的印象：揭示牌上已經不知在什麼時候貼上了新校長署名的煌煌布告了。他驚了一下，走近去；布告已經排到第二號，一張是聲明就職的，一張是召集全體學生在星期一早晨開訓話會。能有這樣快的事情嗎？難道已經接手了嗎？那兩大張的布告可確確實實在空無所有的揭示牌當中牢牢地黏著，旁的許多昨天還見到的標貼和通告卻已經洗刷得乾乾淨淨，一點兒痕跡也不剩；只是，就連那新貼上的，也都有一張在下面給誰順手撕掉好大一隻角，只沒有撕到有字的地方。從揭示牌轉轉身，四周圍卻還是極平常的星期日底冷清，想找一個可以說話的人問一問情形都找不到。

走了幾步，猛然想起，昨天在匆忙中自己又錯了一著棋子：辦公室有些東西是應該先拿掉的；除了學校簿冊之外抽屜裡還放著不少自己的私件，不知會不會給人翻動過。這樣想，他就先在身邊一摸，鑰匙倒並沒有忘記帶；隨即來到辦公門室口，拿出了鑰匙。

誰想到剛要拿鑰匙配上去，就發現連鎖都不是昨天自己親手鎖上的那一個了！

「怎麼——」

他把鎖仔細查看了一會，氣憤地放開，就到附近幾個房間看了看，都沒有人，而且也都一致地上了鎖。稍稍躊躇。停下來叫陳三，也是叫來叫去都沒人應；好容易找到了那個打鐘的茶房，逼著他去找。那傢伙也滿心不情願似地懶洋洋走開去。又等上好半天，才看陳三一步慢一步地走到他身邊，昂一昂頭，大模大樣地問：

「什麼事啊？」

「你把我這個門開了，拿東西。」

「這門不能開的。」

「怎麼不能開？」

十九

「剛才陳先生跟尤先生都來過了，他們叫不準動，要動就得先請過示。」

「鑰匙總在你這兒？」樊振民有點氣憤地追問。

「我，我不能……」

「既然鑰匙在你身邊，你就開好了，就說我叫開的，什麼事都叫他們來問我，你不用管。」

「他們交待不能開就不能開，」只沒有理由地固執著。

「我自己的東西總得拿，難道可以沒收不成！」

「你對我說沒有用的，」陳三更變成那種叫人難受的口氣，「你自己去對尤先生陳先生說好了，有他們關照我就開。」

樊振民狠毒地對他望了一眼；只一晝夜，他的臉嘴都不是先前那副臉嘴了。一個人一失去地位，就連這些小人都可以隨意欺弄嗎？那傢伙簡直忘記了是誰替他薦進來的。簡直想破口罵幾句，到底勉強忍下；旁的事不幹，跟先跟一個小小的校役鬥口，那究竟也不成話。他只看住他，又問：

「你是不是一定不能開？」

「我不能做主。」

「好，你不開我自己來好了。」

說著，樊振民就走到門邊一手把那小小的鎖抓住，使勁扭了幾下；連自己也想不到會有這種氣力，不一會竟連鎖瓣都扭了下來，就拿它往外邊草地裡一丟，一邊罵著「該死」，就顧自己走進門去。

一時間也看不清究竟少了東西沒有，移動了地位沒有，他只拿那些紙張和簿冊胡亂疊在一起，匆忙間連找一張報紙都找不到，就在腋下這麼一夾，走出來。

陳三惶然然看著，可是估量要阻攔也不是樊振民那條粗大的手臂的對手，只好在旁邊有氣沒力地說：

「你怎麼能全拿走呢！」

根本就沒有去理睬他，也不去管他是不是重新找到那把鎖，再鎖上，樊振民只顧自己走開。經這樣乾脆痛快地對付，也算稍平了氣，想造成校裡來的目的是找呂次青，這才來到教員宿舍，在他房門上敲。

推進門去，看到呂次青正打開了向來擱在床下面的箱子，書籍和衣服堆滿了一床，直堆到地板上都是的。

「呂先生，你怎麼？」

「準備捲鋪蓋呢，還有什麼！」帶笑地這樣答。

樊振民站在那裡看了一下；簡直各方面都是大勢已去的空氣了。暫時也沒有說什

十九

麼，只先在亂紙堆裡找到了一張舊報紙，拿自己那一疊東西先動手包著。呂次青也停下來，把箱子依舊推進到原地方，稍稍在凳子上和床上整出了一些地位，自己先坐——

「你包些什麼東西呀？」

「不要說起了，」樊振民還帶一點憤怒的聲調答，「說起來真氣死人；只算是搶回來的。」

「怎麼搶回來？」

「陳三那該死的傢伙死也不肯開門，我自己扭斷了鎖，拿了就走。」

「怎麼？」

「連我那門房上的鎖都換了，我不管，就拿來扭掉。」

「啊，也算虧你有這個氣力！」

「這且不管它，事情究竟怎麼樣？」

「你知道他們已經來過？」

「我正想問你，究竟怎麼個情形呢？」

「情形嗎？我自己也不大清楚，」呂次青像不怎麼上勁地說著。「據說有兩個汽車，跟來了不少莫名其妙的人，說不定內中還有幾個保鏢的呢！」

「那真也太大驚小怪了。他們來了怎麼樣？」

「也並不怎麼樣，不過幾個辦公室跑一跑，今天又是禮拜日，本來就一個人也沒有。」

「學生方面呢？」

「他們所謂請願代表團，那是一清早就出發了；恐怕是每班三個人，總共也有二十多個的樣子。不過這事情據我看——」說到這裡微微顯出遲疑，只又加多一個「據我看」，就沒有後文。

「你說他們沒有用處？」

「倒不定是這樣的意思，我不過想，既然攪壞了就拉倒，難道怕沒有旁的地方好去！」

「……」

樊振民不答；聽口氣顯然就跟昨天下午又不同了。旁人打退堂鼓且不答，他自己也算是一個主動的人呢！禁不起這第一個打擊就縮住頭，以後還能幹得了什麼事呢！正沉思著，呂次青看他不開口，又接下去——

「還有一點消息也可以告訴你？張敬齋已經接到了教務主任的聘書，你知道不知道？」

「誰發的聘書？」

「自然是新校長發的，還有誰？」

「有這樣的事情哪！」樊振民還像不敢十分相信的樣子，「那他自己抱怎麼個態度？」

「他目的達到了還有什麼態度！」

呂次青笑著說，又停住，讓樊振民在這消息所帶給他的驚異中慢慢地沉思。簡直是受了騙似的感覺；縱然向來就不信任張敬齋，可想不到竟會是這樣的！「照此說來，」他終於帶點憤慨似的調子，慢吞吞地說，「我們失敗也應該了，我們又不會先拿什麼教務處，事務處之類的收買人……」

「不過我是早提醒你的，你們不聽；這一點錯誤跟事情底成敗也多少有點關係。」

「有什麼關係？」茫然問。

「只要有人一翻手，你想，這邊的力量就移到那邊去。」

「話固然是不錯，」樊振民扭曲著嘴唇，半嘲諷地說，「不過早知道是這樣反覆無常的人，我們也從頭就不會跟他合作的。我們認錯了人；可是我要對他說，他自己也認錯了人呢，他是完全拿小人之心來度君子之腹。」

「他有什麼吃虧；不是這樣來一下，恐怕還到不了手。」

「嘿！」苦笑了一聲，也沒有話，就從那張亂糟糟的書臺邊站起來，自己過去從熱水壺裡倒了些開水喝，潤一下喉嚨然後又轉過身，「照這樣說，我們下半天那個談話會也就可以不用開了?」

「已經發動了，就大家碰一次頭也不要緊。」

「反正大家都變了態度，還談什麼——瞧，就連說得好好的，都會翻悔。」

「不過還有一句話我得要聲明，」呂次青慢慢也發現那口氣不但意味著張敬齋，而且開始意味到自己了，他趕忙辯白，「你可不要誤會我也是他那一流的人，我是沒有受到什麼聘書的。」

「說不定他們也會想法子來聯絡，」樊振民笑著。

「笑話，笑話了，我才不會這樣幹呢!」他用力地答，口水直爆到對方臉上去，還用袖口在鼻孔邊抹了一下，「老實對你說吧，我是早就留好退步，明光裡有個位置在等著我，待遇還比這裡好一點……十四點鐘，兼一班級任，一百四。你以為我對這兒還有留戀嗎?那邊，正正式式的信都有了，你不信我可以給你看，」說著，卻真去抽開了抽斗，在裡面亂糟糟地開始找尋。

「算了，算了，誰會不相信你——不過我說，你這樣就更可以痛痛快快幹一下。」

「話是這麼說，可又何必呢?」

「難道就這樣算了不成，氣也不爭一口!」

「其實你也放手拉倒;下半年我替你活動一下，也給弄進明光去，幾個自己人仍舊在一塊，多好！這邊的事情也盡可以知難而退了……」

樊振民不響，只把頭輕輕搖著。那個人想來想去都還以為自己是要巴住這個位置。為什麼人的心裡會有這麼大的區別呢！為什麼有些人竟會永遠不懂得人生在個人生存的鬥爭之外，可能還有一種更嚴肅的鬥爭呢！想解釋，解釋也實在太困難了。他只耐住性子，重新坐下來——

「真沒辦法，那自然是拉倒，」用感嘆的口氣說，「不過現在這情形也許還有點辦法。事情已經開了頭，也只好，只好……」

「你既這樣說，我總在可能範圍內響應你就是了。」

「旁的也不希望，只希望大家消極地不上課。」

「我個人是辦得到，我今天就走都可以，至於旁人，那就那就……」

也不想再說，樊振民就空洞洞坐了一會，又喝了一些茶，心裡卻想起了不知學生出發請願的結果又怎麼樣。其實也只要學生方面能全體罷下課來，那就無論教員方面抱什麼態度，都可以置之不問。他把自己那包文件拿到手裡，準備走，一邊只懶散地問：

「那麼下半天那個會總得去吧？」

「我想不去總太不成話。」

「不過照這情形，恐怕也不會有什麼人來了，」冷笑著說，一邊就站起身。

二十

下午，樊振民打破了他那一種每次集會都準時刻出席的慣例；約定的時間是兩點鐘，他卻過意捱過了兩點半才自個兒懶洋洋地走出寓所去。汪德鄰的住宅他也曾經順便過到三兩次，雖然跟學校也有好一些距離，卻是在上市場去所必經的交通要道上，加以心不急，像要不了多少時間就來到了。彷彿還嫌太早似的，他故意那麼慢吞吞地走進弄堂。

一走進門，卻意想不到地發現那堂前已經聚集了許多人，叫他來不及招呼；稍稍看著，就連預料一定不到的張敬齋都偏偏已經帶領了他那些人來到，在臨時布置起來的會議桌底上端壁壘森嚴地做一排坐著。

「怎麼到這時候才來，」汪德鄰迎到他身邊，說，「大家都等你一個人。」

「對不起，剛有點事情，」隨意敷衍地答。

「徐先生能來吧？」

「他身體還不怎麼復原，恐怕不能來，叫我代表了。」

說著，就找了側邊的一個座位坐下來，再向屋子裡看。那臨時的會議桌上還由臨時

二十

的主人備著四大盆茶點呢！卻除了張敬齋底那一行人之外，誰都是散漫地坐在邊上，抽菸，喝茶，看報。正奇怪著怎麼找不到呂次青，呂次青卻正從裡邊走出來，雙手捧住了長衫下面的褲腰。

「怎麼，你也才來嗎？」

「那兒，我是第一個到；茶喝多了，小便去。」

誰都坐著，只有汪德鄰是走來走去；坐著，卻暫時誰都沒有話。樊振民等了一陣——

「怎麼，大家談起了沒有呢？」向四邊看一看說。

「談是談起了，」見沒人答話，汪德鄰只好自告奮勇地來報告，「就是還不具體；大家都覺得，覺得要，要抵制，最好的辦法自然是，自然是不上課。就不過，就……」越是想把這一番報告作得有系統，就越是說不上來；正為難，呂次青卻扯了扯他衣裳：

「你別這樣梭子似地走來走去，我眼睛都給你弄花了！」

汪德鄰茫然地坐下來，像還要接下去說，卻叫人等了好半天都到底沒有下文。

「是不是該抱什麼態度的原則？絕不定——」樊振民替代著說了下去。「那很容易，只要大家明白表示一下，是反對呢是擁護。能大家一致，一起幹；不一致，自己幹自己的，不就解決了嗎？」

抬起眼光，剛看見張敬齋也正對他瞟了一下——

「說擁護呢，固然是談不到呵，」他每一個字都拖得長長的，開始那麼舒緩地說，「不過剛才大家這樣想，彷彿這已經是一個既成的局面。就連國際上，外交上，對既成局面，往往總只好默認的⋯⋯譬如滿州國，它沒成立，我們可以反對，現在已經成立了，你反對來，反對去，它還是一個滿州國！」說著，自己突然「嘿嘿」地從肺葉裡笑了幾聲，對大家一望，停住。

坐在他身邊的一位物理學教師卻插進來說，「不過你這比方也不對，滿州國外國人承認不承認可隨它去，我們中國人總不承認。」

「不承認嗎？也不過在寫到它的時候加一個——」

張敬齋用手指在空氣裡畫了一個引證記號。

「加一個 quotation mark，」停一會，還怕人不懂地再說明著；「可是說話的時候你就沒有辦法。」

「那也有辦法，還可以加『所謂』兩個字。」

這話把大家都說得笑起來；只有樊振民不笑，他故意像沒有聽到似地眼睛向空中茫然望著。

「好了好了，我們也別談這些修辭學問題了，」張敬齋斂住了笑聲說。「我意思是說，恐怕反對也是徒勞，擁護呢，也就不必錦上添花；說到歸根結底，到底不是我們管得了的事。」

「照這樣說，明天就大家照常上課？」

汪德鄰卻有幾分急迫地問。

「上課可又是另一個問題了。其實，學生方面倒底怎麼樣我們還不知道：他們不上課堂，我們難道對空凳子講書去；學生上了課，他們要拉個把教員總有辦法，我們不去，也不過等於自動毀約。」

說著，彷彿已經把問題解決，或者，認為是無需乎解決似的，張敬齋伸出手去在點心盆子裡揀了一塊蛋糕，吃著。大家一時間是沒有話。好久，卻有人叫人吃驚地突然問：

「萬一學生一半兒上課，一半兒不上呢？」

呂次青也正不甘落後地從側邊的座位上站起來，拿點心吃；聽了這問題，他就用給滿嘴的奶油弄含糊了的聲音答，「我們也只要一半兒上課，一半兒不上好了，大家隨心所欲，再痛快沒有。」

「那今天也可以不用多談了。」

「本來麼！」張敬齋像對這問題開始厭倦了似地伸一伸腰，皺一皺眉頭。「其實今天是應該談些別的問題。我在想，我們趁此機會要挾一下倒也好，我們可以借此要求他們把下半年全部的聘書都發出來。現在離放假也不過一個月。」

這話倒使樊振民笑起來，他屈著嘴唇說，「那自然，滿州國如果送來國務總理的任命狀，我們也不必加什麼『所謂』，加什麼引號，馬上到溥儀跟前去磕頭去了！」

全場都愕然。

張敬齋對樊振民一望，「不過，不過，」稍稍有點不順口似地重新開始，「情形究竟不一樣……」

「這是張先生你自己打的比方。」

「也不過隨便說罷了。我不過是想到你們大家的切身問題；為了切身問題而團結，那才有點作用，否則到底為些什麼呢？我本人是沒有關係的；我這裡的鐘點本來也早就想……」突然記起要說的這番話，彷彿在什麼地方已經跟樊振民說過了，他停住，「我不過為大家，為全體設想一下。」

「我說你也不必客氣了，」呂次青也笑了一笑說；「我們這許多人的飯碗問題，現在權是在你呀！」

「那裡，那裡，呂先生竟是說笑話。」

二十

「倒不是說笑話；剛才經張先生這樣說，我倒有一個提議。」呂次青像正式發言似地站了起來，還把皺縮的長衫拉一拉挺。「我提議把今天這個會改成了對張先生的招待會；他就是我們下半年的教務主任，我們應該全體趁這機會跟他打一個招呼，拜託他栽培栽培。」

說完，還對張敬齋拱一拱手，才坐下。

「自然是吃飯問題要緊囉，」樊振民也插嘴。

經這樣當面一提破，張敬齋倒底有點不好意思地稍稍紅了紅臉；可是馬上就過去，他還像沒有什麼事似的，照樣從容不迫地說，「事情是有的，我本來也打算瞞人；不過他們如果要把我們原來的人動一動，那我可不答應。我自己也不想幹，就是為著大家想，就彷彿不能不幹似的……」

呂次青又站起來——

「大家聽著，張教務主任這樣說，真是我們的重生父母了；我們應該三呼萬歲：擁護張教務主任！」

樊振民對呂次青看，又對張敬齋看，看他到底有點下不去地沉下了臉，不再說話。全場底空氣變得更嚴重；沉默著。想不到還會鬧這麼一場滑稽戲才散場的。一種出氣意味的快感在心裡流過；這樣也總算不虛此行了。他覺得再沒有逗留的必要，正要站起身，借一些隨便的藉口來先行告退，卻聽見汪德鄰還非常嚴肅地用他那種格格不達的語調又——

「大家別，別鬧成開玩笑似的，這事情到底，到底……」

還有什麼「到底」呢！樊振民就站起來，像來的時候一樣地說了一聲「對不起」，離開座位。

「振民，你怎麼？」汪德鄰不放鬆地追問。

「我想先走，還有點小事情。」

「慢慢走吧，總要等這裡的話說得有點頭緒。」

「不是已經很有頭緒了嗎？我就贊成呂先生剛才那個辦法，大家自己去打主意，各人隨心所欲。」

再不管汪德鄰的阻攔，他向大家隨便招呼了一下，就自己拿起帽子，走出門去。這樣的會議開下去還有什麼意思呢！不過乾費時間罷了。一個人在堂裡走不了幾步路，卻發現呂次青也氣急地趕上來，向他遠遠地喊：

「你慢慢，我們一塊兒走吧。」

「你也早退了？」樊振民停下來等，一起走向公共汽車站，等著回去的車。

「呂先生，你今天也真太叫人下不去。」

二十

「他實在把話說得太肉麻了；只有他自己不在乎，人家就沒有旁的地方可以吃飯似的。臉厚到這個樣子！」

「後來可也覺得受不了，變了臉色。」

「這也是他自取其辱，我不是有心要跟他抬槓。」

「不過這樣也痛快。」

抬起頭，看到公共汽車剛巧在開過來。

二十一

回到家，正要開進房門去，卻看到房東家娘姨溼著一雙剛在洗衣服的手，從裡面趕出來說——

「樊先生，有人來找過你。」

「誰？」

「恐怕是幾個學生吧，有條子留著。」

她把一雙溼手在衣襟上胡亂揩一揩，伸到懷裡去摸了好半天，才摸出一張又皺又溼的紙片來；他接到手裡，就在房門口把它在掌心上攤平了看。是那麼一張薄薄的中國紙上的鉛筆字，字跡又那麼潦草，有些地方已經破損了，他簡直需要把手掌放到窗口的光下去仔細地認辨。

我們來，先生剛巧出去了。進行相當順利，無論如何，這幾天課是上不成的；不過有許多事情卻需要當面報告。今天恐怕沒有時間再來，明天上午務必等我們一下。

生陳建功留字即日

二十一

可不是，他也早就想到他們一定會來，倒給這場毫無結果的會議耽誤了正事呢！他一邊開進房門去，一邊開始追悔昨天怎麼會忘記關照他們來得遲一點，倒要他這樣疑疑惑惑地等一夜。事情究竟攪得怎麼樣，他是那麼焦急地想知道；現在，所有的希望都該集中在這一方面了。可是，「相當順利，無論如何明天課總上不成，」這多少也算告訴了他一些情形；他像也可以稍稍借此支吾開了一些整天的經過所帶給他的悶氣，前幾天那樣的興奮像也稍稍回來。

「幹哪，管什麼成功失敗，反正總是一個走！」

坐著，又拿起那張紙片看了一下，卻發現除了剛才看到的之外，下邊還有一行小小的字：

「又，先生這幾天進出最好稍稍謹慎一點，附告。」

這又是什麼意思呢！再仔細把那條子前後翻看，可不會再看漏什麼話了。他還注意到，這一行小小的附告可又跟前面那條子顯然是另一個筆跡。不知是誰細心一點，給加上的吧？不過這算是什麼意思呢！難道先前收到的恐嚇信裡的話，他們已經得到消息，竟有實行的可能嗎？難道還有旁的什麼手段對付嗎？無論如何，這總是自己人的通知，不會是對方恐嚇。那他們究竟得到些什麼風聞呢……

笑話，真笑話！他終於不相信似地自己嚷著。這些糾紛如果竟會用手槍來解決，那倒也是開紀錄的事了：沒有的，絕不會有的！而且，要謹慎可又怎麼一個謹慎法？難道把自己在屋子關起來，不出門？笑話！要這樣膽小還不如趁早不幹。

而且他接到恐嚇信已經一個星期了，要出事情還等得到今天……不錯，自己在一個星期以前就收到這些東西，這事情明天倒應該跟他們說一說的，免得他們無形中受了這威脅的影響，挫折了向前幹去的勇氣……他還要對他們說，教職員方面雖然未必能整個兒地一致行動，可也至少總有半數光景能跟他們態度一致的。（今天那個談話會的情形可不能太詳細地告訴他們，何必自己顯露自己的弱點呢！）……同時到底也不可能一個個都拿聘書來收買的，他們好容易才搶了一個學校去，難道不想安插自己人……說不定還可能發生一點作用呢，只要那一方面進行得有眉目……何況對方用的還是恐嚇手段，這就正顯得直到現在都還沒有多大把握……

想著，想著，像又變得對前途樂觀了。還只有四點鐘，他耐不住在自己那空洞洞的屋子裡一個人耽下去；一切有規律的工作都已經停頓，忙亂了這幾天，此刻倒偏是想不出事情來幹。隨後他又站起身離開了那住處。

到街路口，究竟不免無意識地向四周看一看，像留意著，別真有人會從那一帶房屋盡頭處的曠地裡竄跳出來向他襲擊：可是自己剛意識到，他馬上——

「荒唐的思想啊，這是再也不會有的事！」

二十一

這樣解釋似地對自己說，一邊就大模大樣走過去。

在那一條灰沙的馬路上走著，來往的行人縱然在星期日都還並不稠密；偶然一些半生不熟的面孔在洋車上拖過，在路旁走過，也完全是平常一樣的表情，看不出一絲一毫特殊的神態。抬起頭，還是那個舊時的太陽高掛在西邊那一帶紫氣蓊鬱的樹梢上，映出了一天蒼茫的景色。

在這條空曠的道路上悠閒地散一陣步，倒也著實可愛呢。他那一種紛煩的心緒像突然間平靜下來。想起在這一個地方來來去去，前後並在一起算，也已經有五年以上的時間了；他卻像直到現在都還沒有厭倦了這種刻板的景色：那同樣的樹，同樣的菜畦間的小路，同樣的幾家破屋茅舍，同樣的灰沙，同樣的太陽。不但沒厭倦，簡直像比平常還親切的樣子啊。是無意中從靈魂裡泄漏出來的一些留戀嗎？他吃驚著自己竟會把思想在忙亂中轉到從來不去想起的這一些方面去。留戀一些地方嗎？留戀一些景色嗎？他？他簡直不願意承認這能算是思想；他簡直以為這是一種預兆，是他所計劃著的，打算著的一切都將歸於烏有，而自己也終於就要離開這裡的一種預兆啊！

如果明知道這一切都是勞而無功，真何必幹呢……

本來只是無目的地走，卻不期然來到徐子修底家門口；他猛然也掛念起那位老師的健康，而且，如果他精神狀態沒有什麼變動，有些事情也該對他報告一下的。他稍稍躊躇著，終於敲進門去。

「是不是，我說你總會來的，」徐守梅開著門這樣說。

「怎麼？」茫然應著。

「爸不知怎麼，這幾天成天掛住你。剛才還一定要我到你那邊去找，我說不會在家的，沒事，一定到這兒來了。」

「……」這又是什麼原故呢？他有什麼不放心呢？

「你那邊我實在也不想來，人家說的多難聽！」

在她身上像可以發現了一種無可奈何的淡漠的神情。樊振民對她看；他自己今天也不知怎麼會變成這一種容易受感觸的心情。他想起那小報上的謠言，自己是一看過就忘記，像塞在許多紛雜的思想裡，再也沒有機會把它翻尋出來，可是對她，該是怎樣重大的一個打擊呀！經過一晝夜，這刺激彷彿還是一個無從消化的鬱結，橫亙在心裡，顯出在臉上。自己可始終沒有找到機會對她說一句寬慰的話呢。

正這樣抱歉似地對她看，正要開口，徐子修已經在裡面聽到他們的談話聲，從書房走出來。樊振民只好把要說的話停住，走進到堂前。

「怎麼這時候才來，那個談話會開了這麼久嗎？」

「會是早散了，我還家去轉了一下。」發現老師的步態和語聲雖然還穩定的，可是臉

二十一

色卻仍是那一種帶病容的蒼白，而且像比前幾天更加重了。「今天您怎麼樣？」他低聲問。

「今天——也還好。」

「那個藥片還有沒有？該繼續吃呢。」

「還可以吃三天，」說著，就在堂前的椅子上坐下。

徐守梅不像平常似地聽他問起父親的健康，總要自己搶著來答覆；今天，她只在堂前稍稍逗留一陣，就低著頭，一聲不響地轉到了自己房裡去。樊振民目送著她，心裡只覺得茫茫然；看她進去，自己也茫然揀一張椅子坐下來。

「我說你也不用這樣關心我身體的，這點毛病沒什麼要緊。」

這話把樊振民從茫然中叫回來，拿臉移向徐子修。

「我怕您這幾天太受刺激。」

隔了好一會才想起來這樣說著。

「你說刺激嗎？」他並沒有注意到對方那種並不專心在談話的神情，只顧鄭重地說下去，「其實自己先準備著倒也沒有什麼了，就怕是意想不到的。我近來自己也不知怎麼。如果突然發生一件事情，用一點心思，就馬上會，彷彿頭腦就昏亂起來似的，要自己想上好半天，才慢慢輕鬆。恐怕，唔，恐怕真老了吧。」

「你就是把什麼事情都看得太認真。」

「這種事情都能看得不認真嗎？就是自己這個精力……」

「其實也不過是碰巧，您平常就不是這個樣子。」

徐子修也像不相信，也像不懂這話的意思似地對他一看，卻並沒有追問，停了好一會才，「我們且不談這些話，我問你，事情今天可有什麼變化沒有？」

他究竟還是掛唸著學校裡的事啊！「照現在這樣子，當然也只好做去再說；不過學生方面態度倒是很堅決的——」樊振民把一天的經過排一排先後，準備好報告的次序；開始先把自己所知道的上午出發去請願，下午又怎樣接到那個條子這些事緩緩說著，可是那叫他進出謹慎一點的話，他卻抹煞了沒有提。「反正課是不會上得成了，」他像學生給他的報告同樣地結束。

「那就好，那就好，我們也好看他們怎麼收場！」徐子修微微點著頭說。「不過我昨天就在想，同事方面恐怕就不容易這樣堅決；你就想，像這樣的一班人，平時互相也沒聯絡。」

他的預料竟像已經預先知道了似地一點也沒有錯呢！這樣說，張敬齋的故事也不會使他太吃驚了。本來還打算用旁敲側擊的辦法來告訴他，現在卻似乎無需。樊振民接著，就又把教職員談話會的經過不等他直接問起就無所隱瞞地說。說了張敬齋，同時還說了呂次青的態度。可是在預料經事實來證明確定了的時候，徐子修卻到底還不免像聽到一件沒料到的事情一樣地激動——

「張敬齋，你不是說他也跟我們一致態度的？」

「誰想到他會這樣卑鄙法！」

沉默了一會。

「不過次青既然那樣，怎麼也會消極？」

樊振民笑了一笑，「我看他不過因為張敬齋說話口氣太大，沒把他自己放在眼中，才會跟他抬槓。」

「次青為人多少還有點書生氣，我倒說。」

「跟張敬齋然是不能比了。不過，不過他其實也是飯碗主義。看了眼前這副情勢，這個也變卦，那個也退縮，他自己自然不會堅持到底。他不但自己不打算堅持，還勸我呢。」

「他怎麼勸你？」

「他是勸我知難而退。」

剛說了這話，卻不想徐子修突然用那一種幾乎是責難似的眼光向自己逼視著。這話裡面露出了什麼會叫對方不高興的意味嗎？也許是泄漏了自己那種潛伏著的動搖心理嗎？他突然提了心，他覺得不但自己說的話，就連口氣都需要謹慎了。不過徐子修他究竟由於那一種意味要這樣向他逼視呢？這眼光，他從那裡發現的已經不再是衰老，不再是疲憊，只是充分顯示了那天生的固執，叫人凜然的嚴肅，石頭一樣沒理性的頑強……

「那你，你自己究竟什麼意思呢？」

「……」

樊振民一下子竟答不上來。

「事情難辦，我自然也想到的，」徐子修像是很費力地說；「不過既然開了頭，那就明知道做錯也得做到底。他們要屈伏的儘管屈伏，要走的儘管走吧，就弄到剩下自己一個人，我都還要硬挺下去；何況照你說，目前情形也不是完全沒有辦法，是不是？」

「辦法自然還可以有。」

「振民，那你就無論如何不能放手的，有路總還得走，等走到絕路再說呀！」

臉上閃著奮激的光，口氣簡直帶脅迫似的意味。在這種堅決的態度的對比下，樊振民開始發覺了自己的薄弱；平常相信著生活是鬥爭，相信著到應該鬥爭的時候而不鬥爭是一種懦怯，可是這同樣的幾句話到現在這情勢，他也許還能硬著嘴對呂次青說，對學生們說，卻到底沒這樣的堅決來對自己說了。「等走到絕路再說呀！」現在總還不能算是到了絕路呢，也許還正在鬥爭的局勢剛展開的時際呢，想不到自己倒先軟下來，倒要當初生怕他不願意捲入漩渦的人來把自己這樣嚴厲地督促著，激勵著。一種潛匿的抱愧心

二十一

理使他悄悄變得重新堅定——

「好，」他終於堅定地說，「既然您這樣態度，我們當然要放手幹下去，至少也不讓他們這樣容易就拿走的。」

二十二

徐子修自己也不懂得究竟給怎樣一種茫然的意志所控制著，直到樊振民已經有了明白而堅決的表示，走轉背，他還是像不放心似地一個人在薄暮的院子裡踱來踱去，把眼前許多事情又一遍一遍反覆地想。他至今還在詫異著為什麼那精神飽滿的，就在前一天還那麼憤慨激昂的年輕人，也會無意中泄漏了退怯的意味，而自己，空有著這咬牙切齒的決心，卻偏是這樣沒一點辦法，沒一點力量，同時也沒這一分精神來對付呢！旁的不提，就連想知道一點事情的經過情形，也除了樊振民來報告之外，再不會有第二個人來跟他通一點消息了。他怎樣會造成這一種孤立的形勢啊？閒常跟誰都沒有來往，沒有接觸，永遠是那麼傲慢地自安於一種叫人敬而遠之的孤僻。以致到今天，就除了樊振民一個人之外沒有其他的力量，離了他沒有其他的辦法了。可是他卻偏要幹，偏要憑著那一股無從用起的蠻勁幹。

是那裡來的這決心，那裡來的這意志，他也從來沒有去嘗試過替自己找一個解釋；他只反覆地自言自語著：

「能讓他們拿去嗎，這樣的人，這樣的人！」

而這就算是唯一的要跟他們那班人對敵的理由了。

在院子裡走，又在廊檐下的塌上躺，他毫無緣故地自己從不安變得燥怒。他想起呂次青，想起張敬齋，想起尤丹初那一些人的臉嘴；不但那臉嘴，就連尤丹初慣常的那套學生裝他都似乎一記得就憎厭。他們會造謠言，會寫恐嚇信，可是這樣一個學校卻偏偏會掉在這樣的人手裡，說不定竟還沒有法子挽回……

思想雜亂地在那事情底許多方面兜來兜去，直到女兒看天色黑下來，從自己臥房裡出來把他叫進去。

「爸，你又想什麼心思了，那藥片今天還沒吃。」

「你竟是記得吃藥吃藥！」

縱然埋怨著，他到底把丸藥又服了一片。

現在，就連等樊振民的消息，他都彷彿比先前更急迫了。本來約定明後天一定再來的，他卻已經心焦地提前等了他大半夜。早晨，還在慣常的時間起身，走到牆上的日曆邊，照著十多年的舊例，用一種出乎本能似的動作，把它揭掉一頁。是星期一。他像忽然又受到特殊的感觸，又叫昨天那種煩亂的心境延續下去。是生平第一個既不放假，又不害病，可是自己倒並不上學校去的星期一呀！難道前個星期的最後一課，在他的一生中也是最後的一課了嗎？違拗了這麼悠久的習慣，要他在星期一上午在家裡空空地候著，也真是一件夠叫人難受的事呢！

可是學校裡真停下課來嗎？

他們召集的那個訓話會又怎麼樣？有人蔘加嗎？也有一部分學生會拒絕參加嗎？

差不多想要自己出發去看一次情形；一切由樊振民口傳的消息，沒經親眼看見，彷彿始終還有一種不怎麼真切似的感覺。這風波醞釀至今只不過半個月，加以自己整整一個星期沒出門，難道外面竟可能有這樣大的變化嗎？雖然沒有真個拔起腳來走，他卻的確已經幾次地對女兒嚕蘇著：

「不知究竟怎麼樣啊，最好現在去看看。」

「怎麼這樣急，下半天他總會來的，」守梅卻竭力阻制他：「你去也沒有用處，說不定倒會多鬧一點事情呢。」

這一點他自己何嘗不明白！他這時候跑去是一點意義也沒有的。他只是要這樣一刻不停地嚕蘇；嚕蘇著，彷彿才能把叫人焦急的時間勉強捱過去。

捱到吃中飯，捱到下午，就「怎麼還不來呀，還不來呀！」再這樣嚷。

像這樣直嚷到三點鐘。

五點鐘。

「爸，他每天總是要到夜飯邊才來的。」

二十二

徐守梅窺測了父親的意思，說不定又要她上振民家裡去找；今天她卻無論如何不願意再去的，就趁先這樣說。

可是她也慢慢對天色和時鐘特別注意起來。鐘點一刻一刻地過去，天色一點一點地黑；晚飯邊會來嗎？她卻等到了吃晚飯，還沒有等到門鈴響。父親呢，在明知道不會來的時候是不住口地嚷，現在，真該焦急了，他可開始變得沉默。他一聲不響吃了飯，坐了一陣，直到無可再等的時候，準備回臥房去，才——

「我知道他是不會來的！」突然間這樣說著。

「說不定今天回家晚了，明天總一定來，」女兒還勉強想出理由來寬慰。

「明天嗎？還是不來的，不信你瞧。」

「……？」

守梅不明白這話底意思，呆沉沉望著。

這還用說嗎？樊振民一定是像呂次青一樣他準備縮手了；他一定是故意要把這幾天的緊要關頭捱過，等事情什麼都定了局，等學校裡上了課，教員們回校的回校，走的走，什麼挽回的辦法都想不出了的時候，然後再跑來裝出一副無可奈何的樣子，對自己說：

「現在，現在可真走到絕路了。」

徐子修回想起昨天他那種模棱兩可的態度，他堅信著自己這猜想是不會錯誤的。

「他，他是想跟我敷衍一陣，就放手啊，一定的。」這樣氣憤地說。

「他也會放手嗎？」女兒半信半疑地輕輕答；可是，先前只是振民擔心著爸不願意搭手，現在怎麼又倒過來，變成爸來害怕振民放手了；她一邊開始替父親整著被窩，一邊莫名其妙地想起；他們的事情真是不容易明白啊！

二十三

「難道真連今天都不來嗎？」

又一夜過去，徐守梅不知不覺地自己也開始分擔了父親的那種焦急。她不停地算計著時間。她知道樊振民起身是再遲也不會遲到八點以後的；昨天就算他是回家晚了，不能來，今天，既然父親有這許多事情等著他報告，縱然一清早說不定還要幹一些旁的事，到九點十點總該來。可是她看看鐘，已經過十一點。難道真像父親所估量的，他過意地避開不來嗎？不會的，不會的，她始終還不肯相信地想；他那裡是這一種躲躲藏藏的性情哪！可是除了這還會有什麼其他的原因呢？

今天，無需乎等父親的催迫，她彷彿自己都準備到樊振民那裡找一下的樣子……這樣想，卻發現父親正走進她房裡來。

「怎麼真不來呢？」

「我對你說他這幾天不會來了。」

「……！」

「我可也不等他，」徐子修慢慢說，「不過學校裡不知究竟鬧成怎麼個樣子。你振民

二十三

那兒不願意去，替我學校去看看情形總可以？」

「既然他不來，也只好自己去打聽。」

「能順便到振民那兒看一看，那最好，否則我也好去的。」

「爸，你還是少行動吧，我去就是了。」

這一回守梅可並不拖延時刻，馬上就整一整衣服，出門去；父親跟著出去替她關門——

「如果碰到振民，叫他馬上來，就到這兒吃飯也好。」

「我曉得。」

徐守梅已經出了門，卻還沒有想到究竟應該先上那兒去；她向路底兩頭一望，稍稍遲疑著。先上學校去嗎？在她那個小學部裡是打聽不出什麼父親所想知道的消息來的；到中學部胡亂找人，誰又不認識她是徐子修的女兒呢，這在她又是一件太為難的事。那還不如乾脆先找振民吧，倒未見得會剛巧碰到什麼人；而且找到他，學校裡也就可以不用去。這樣想，她才向東拐了彎。

加緊了腳步，不一會就走到。說過不打算再來的，今天可又來了，她在敲門的時候這樣想。

來開門的並不是他自己，是房東家的娘姨。

恐怕又不在家吧？正轉念間——

「是來找樊先生？」就聽到那娘姨這樣說。「他已經兩天沒回家。」

「怎麼！」

「他前天下半天回來轉一轉，又出去，就沒有來過。」

「你曉得他在那兒？他沒有留著什麼話？」

「我們不曉得，我當你們總清楚。」

他會到那兒去呢？前天？前天晚飯邊還看到他來的；這樣說他是一離開她們那邊就沒有回去了。他究竟跟爸談了些什麼話，她也沒在旁邊聽到；他究竟，究竟會跑那兒去呢！你還不肯死了心似地走到他那房門跟前看一看，門是好好地鎖著。正轉轉身，卻在窗口邊發現了一個名片，拿過來看，「呂次青」。顯然的，呂次青也沒有找到呢。她把名片仍然放在原地方——

「這位，這位呂先生幾時來的？」

「昨天一清早。」

怎麼呂次青知道了也沒來通知呢？究竟人在那兒呢？她一時慌張得想不出還應該問些什麼事，就連叫他一回家馬上到她們那邊去的話都忘記關照，自己茫然地退出來，讓人在她後面把門關上。也不記得原先還打算再上學校去，只一口氣回到自己的家，打進

二十三

門——

「爹，他，他……」氣急地說不上話。

徐子修看到女兒那副慌張的樣子，吃驚著。

「你怎麼這樣快就回來？」

「爹，你知道他到那兒去了？他，他兩天沒回家……」

等她勉強定了神，把剛才經過的情形說清楚，徐子修卻一句話也沒有說，只呆沉沉地站著。

「究竟在那兒呢？」

「我怎麼知道！」

「爸，他一句也沒對你說要到那兒去嗎？一點影子也沒有嗎？」

徐子修到這時候卻也不像先前似地咬定樊振民是有意避開他；他也沒料到竟會不知去向的。無論如何，總不會是預先打算好的，故意絕口不提的一個什麼計劃吧？他咬著嘴唇，在廊檐上走一陣，一邊努力叫自己定下心來，可以把事情前前後後想一想，也許還能得到一點可能的猜度。

「那除了呂次青之外，還有人去找他過沒有呢？」

「……」她當時可沒有問。

「他以前是不是常在外邊過夜呢?」

「……」她也是沒有問。

發現父親聽了這消息也跟自己一樣地意外，徐守梅更害怕起來;她青著臉，差不多要哭，對著父親呆看，雙手沒地方放似地動一下，好久，才用顫抖的聲音問:

「那，那我們怎麼……」

「我想大了不得的事情總不會有的，你也不用急，」倒要徐子修來替她寬慰了，「現在總只好到他常來往的朋友那兒先去問一問，再沒有，只好上學校裡去打聽。」

「他那許多校外的朋友我又不認識。」

「那個姓李的，你不是跟振民一造成他家裡去過嗎?只要找到一個就都找得到了。」

她定心記了一下;又是那麼遠的路啊!可是路遠路近她已經顧不到，只努力把那地點記了起來，一定要找總還是能找到的。「那我現在就……」她像一分鐘也不能損失似地打算馬上就走了，「那地方一直在南頭呢。」

「這樣遠?那你還是吃了飯去，反正已經過了兩天!」

勉強捱過了一餐飯，她是再也不能等了;徐子修抑制住自己的驚異和恐慌，在她要走的時候還對她說:

「阿梅，不過你也不用害怕，總沒有什麼的。」

二十三

「我曉得，爸，你自己不要出去啊。」

「我不出去，你可無論找到不找到都要快點回來。」

女兒走出門，家裡就又只剩下徐子修一個人了；他只是一下子在堂前呆坐，一下子可又來來往往地蹀，到底禁不住開始替樊振民擔著心。照事理推測，受到什麼意外的危險，那是不會的；何況前天剛從他家裡出去，就不知去向，如果發生什麼事，能這樣一點兒消息都沒有嗎？可是，可是他自己又何必這樣一聲不響地溜走？這算是什麼意思呢？無論如何，事情是太離奇了，離奇到幾乎叫人不敢相信了。

他簡直像沒有地方可以安放他的推測；除了在家裡呆等著旁人帶消息來，他真沒有一點其他的辦法。

只自己不停地抽著煙。

單是等阿梅回來，就不知要等到幾時；這麼許多路，說不定還要跑到旁的地方去……而且也未必就一定能帶來了確切的消息……學校裡，恐怕連呂次青都不知道，此外問誰呢……如果真等阿梅回來還是不知道他的下落，那怎麼，那……

無可排遣地一個人煩亂著，他伸出手，在兩個太陽心邊用勁地按捺，一時間，頭腦又像上星期似地一陣陣昏眩起來。沒勁兒再來回蹀，坐下，發現額上滲出了冰冷的汗珠。幾乎要支持不住了，他自己想起，走回到臥房裡，找到了那一瓶小的藥片。平常每天服三次，每次要服四片呢，瓶子裡拿掉棉花，一看，總共剩下一片了，就只好拿過半盞喝剩的冷茶，把這最後的一片藥吞送了下去。

回過臉來看見床鋪，他停了一陣，但到底還是倔強地走出臥房，寧可把走廊下面那張籐椅移到堂前來躺著。

阿梅出去是在十二點一刻，現在還不到兩點。

可是，他像很疲乏似地舒了一口氣，還是別去想它吧，事情已經如此了，想著也是沒有用啊……

他躺著，聽著自己急迫的呼吸。

約摸兩點半光景，就聽到門鈴響。還不算超出預計的時間呢。他自己站起來，費勁地走向門口去；可是沒把門打開，就已經從籬笆縫裡隱約望到外邊既不是守梅，也不是樊振民。究竟誰呢？開了門，想不到會是學校裡的工役陳三；他這時候跑來幹什麼？難道會有什麼消息特意來通報不成？剛要問起，陳三已經從一本簿子裡拿出了一封夾著的信，交給他，一邊把簿子翻開，一併遞到他身邊，隨隨便便地說：

「請蓋個印子吧。」

拿到手一看，是平常見慣的學校信封，信封上卻蓋著一個自己從來沒有看見過的，扁圓形的「校長室祕書處」圖章。他只前後翻了翻，沒有拆——

二十三

「陳三，他們已經，已經辦公了嗎？」

「已經上課了，還不辦公！」

「怎麼，已經上課了？」徐子修吃驚著。他所聽到的那許多報告果然完全沒有一句真話嗎？他慌忙地問下去，「幾時上的？有多少人？」

「這些我倒不清楚，」陳三像不耐煩似地說，「請快些蓋個印子，我就要回去交待。」會是這樣的口氣他也根本想不到，就像問幾句話的時間都等不及似的；對他看了一眼，把那回單拿到手裡，回進屋子去，找到一枝鉛筆，胡亂寫了「徐收」兩個字，也不打算再跟他麻煩了，就讓他拿走。

不過無論如何，已經有人上課，這話總是真的了，振民倒說是無論如何課總是上不成的！他的話還能夠相信嗎？他突然不見，也一定是什麼瞞著自己的鬼打算了，倒替他乾著急了好半天！徐子修並不忘記關門，走回來，在榻上坐著，一邊沒好心緒地把那封剛送到的信隨手拆著。

是一分又用什麼「祕書處」署名的油印品。二十多年了，學校裡幾時有過什麼祕書，真當官做嗎？徐子修像看了這三個字就憎厭著。「……請臺端即日來校上課……如三日內未見到校，亦未備函請假，則以臺端自動毀約論，當即另聘繼任也……」又是多大的口氣！正想把那張紙團掉，卻突然發現下面還有一張；翻了過來；這一分倒是由新校長自己署名的。居然還要裝上一副假面具，說著什麼「平初任職伊始」這些客氣話！他只匆匆看著。「……擬約全體同人茶話……請於本日午後四時駕臨本校第一教室……」就連這個不到一百字的通知書都寫不通！祕書！徐子修拿兩張紙一起團掉，隨手就向茶几下面一丟，自己又在那張塌上躺下來……

不過事情大概是完了吧。振民顯然已經不打算再管事，再說學生方面會堅持，這話也恐怕根本就靠不住的，要不然，今天上課那來的人聽講！事情從頭就受了矇蔽嗎？可是他的確接到了恐嚇信，還的確受到對方那種難堪的中傷，怎麼能根本沒這回事呢。真奇怪，這半個月以來的一切變化都會這樣不可思議，他不但沒法子打主意，就連要理解都那麼困難了。

現在剩下的事彷彿就只有等守梅回家.;至於樊振民，他已經不打算等。直到快四點鐘，才看到女兒還是一個人，坐著洋車回來.;她頭髮零亂著，臉上撲滿了灰沙，再加上正淋著的和已經乾了的汗跡，仔細看，簡直像是換了一個人的樣子。不過她總算安全地回來，多少放了心——

「怎麼樣?」他問著。

「找來找去都找不到啊!」

「哼，也別去找了，我知道他是什麼道理。」

二十三

「爸，爸，」守梅卻來不及注意他那話的意思，只自己用慌張的聲音說下去，「我猜他一定是，一定出了事情。」

「你怎麼知道，我看不會。」

「我學校裡也去過，聽他們說前一天，就是那一天哪，他們說學校裡……」

「別這樣慌張，坐下來，頭頭緒緒地說。」

徐子修自己先坐下來。

「就是，就是禮拜那一天，學校裡出了事情，」守梅沒有坐，她自己努力鎮靜下來，可還是說得那麼沒頭緒，「晚上有好多學生給捉去了，恐怕有十多個人……」

「為什麼捉去呢？」

「說是有什麼政治嫌疑呀——我怕，我怕振民……」

什麼政治嫌疑！徐子修突然間像對眼前的事明白了一大半：樊振民怎麼會失蹤，學校裡怎麼會平平靜靜地上課。

「那他們說起振民沒有呢？」才急忙問。

「都說不知道。」

「你沒有找呂次青嗎？」

「我去找的：他昨天就離開學校，連東西都搬走了。」

原來他們還用這種手段哪！他們沒法子對付，就可以向當局去誣告，胡亂加上了罪名，把反對的人一個個捉去嗎？他憤激地站起來。世界上已經沒有了是非，沒有了黑白，難道竟還沒有法律嗎？政治嫌疑！好好的學生為什麼會有政治嫌疑呢？為什麼早沒有遲沒有，偏偏到這個時候來發現呢！顯然是為了維持自己的勢力，把清白無辜的青年任意汙蔑了。全校幾百個學生，看自己同學這樣無端給誣賴，給摧殘，難道就像羊一樣馴服著，一聲不響地上課去嗎？還有這許多同事呢！難道人心真都死了嗎……

「爸，爸……」守梅看到父親那神色，只沒辦法地一聲聲喊著。

「這消息究，究竟是不是確實？」

「學校裡全知道——爸，我說振民他……」

「那還用說，當然一塊兒去了！」

本來還只半信半疑地猜度，經父親這樣肯定說，她倒呆了一陣；突然間，到茶几邊坐下，俯身在茶几上哭起來。可是這一回，女兒底眼淚卻並不能引起父親的憐惜，他反這樣嚷：

「你竟是，一點事情就嚇得這樣子，哭有什麼用！」

他發現自己像跑了十幾里路似地氣急著。

突然間，他走到女兒靠著的茶几跟前停住了；看了一陣，蹲下身去，把先前丟在那地方的一個紙團重新檢起來，重新攤平了看著。「本日下午四時第一教室。」現在正打過四點不久啊！

「你，你替我去叫一輛洋車來，快點。」

出人不意對地女兒這樣說。

守梅勉強抬起頭，詫異地看著。「爸，你要車子幹嘛？」

「你別管，我，我要對他們提出質問，為什麼，為什麼……」

「爸，你怎麼，怎麼，」帶著哭聲說。

知道她又是要嚕嚕蘇蘇阻攔的！他一下子竟像是忍耐不下去，他暴戾地大聲喊著，「我要你去叫你就去叫，難道怕他們把我殺了不成，你，你……」

「……」

「我叫你去你怎麼不去啊！」

他捏著拳頭，頓著腳。

到底逼得守梅拗不過，只好拿手帕揩了揩眼睛，走出門，替父親叫洋車去。

二十四

徐子修用手在車篷上扶著，跨上車，彷彿還聽到女兒在門口這樣膽小地叮囑：

「爸，你無論如何要小心點，別，別……」

可是他卻一句話也沒有回答，只在自己，這時候大概他們那個招待會還剛開始呢，一邊就讓車伕飛快地跑向學校去。匆忙間他也並沒有想到自己這樣趕去打算說些什麼話，又打算做些什麼事，只是，讓一種無名的力量所催迫，叫他咬緊牙關，沒有一切準備，忘記一切顧忌，自己無從做主地，盲目地衝著，撞著，一路上只在心裡一刻不停地罵：

「這一種人，這一種……」

卻連應該怎樣罵法都彷彿接不下去。

不一會，就到了。他跨下車，連車錢都忘記給，就低下頭往裡邊跑，直到車伕追上來，才記得。學校裡似乎並沒有他所能注意到的變動，照樣的接待室，照樣的長廊，照樣的在長廊上來來往往的人；可是他也並不留心看，只自己一股勁從北到南穿過整個的校舍，逕自往第一教室走去。

二十四

就算今天學校裡已經開始上課、可也該到了退課以後的時間，在第一教室底四周，在窗口，在門外，卻還聚集不少看熱鬧的學生，張張望望的，交頭接耳的。看徐子修突然來到，不約而同地多少表示著詫異的神色，讓開一條路讓他走。

教室裡邊，已經把平時學生的書臺排成了一個馬蹄形，上面還鋪得雪白的臺布，擱著一盆盆的花，一盤盤的點心。在馬蹄形底上端，一個留著不到一寸開闊的鬍髭的中年人身體筆挺地站著，把手臂垂在背後，正說話‥全場粗粗望去，差不多也有了二十個人。一下子，二十多個人頭都同時轉向了入口邊‥正說話的嘴也停頓了。「他怎麼也會來的！」靜默中，像可以意味到一種沒有說出來的驚異的空氣，同時彷彿又發現有人稍稍把頭動著，像對新來者招呼。徐子修對這種似是而非的招呼並沒有理睬‥他皺緊了眉頭，急迫地呼吸著，看到入口那一邊有三五個空位子，就一個人孤拎拎地坐了下去。

「……所以，所以，」這樣停頓了一會，說話的人像也忘記了剛才正說些什麼話，為什麼要用這個「所以」來接下去‥舌子上打了一陣結，好久才解開。「所以平初這一次就打算在校務方面能夠，能夠多一點革新，要在，要在……」

當然那就是陳平初了。

徐子修對他看了一會，這才開始在已經到會的那些人之間看了一遍。竟還有三四個人自己從來沒有認識過‥學校裡以前有這幾個同事嗎？剛到校兩三天就已經帶來了這麼許多人嗎？將來還怕他不拿學校變成衙門嗎？正想著，值差的校役端過了一盞茶來；徐子修讓它在面前擱著，沒有碰一碰。

「所以，所以我想各位先生對校務方面一定有許多高明的見解。今天，一則，幾位不認識的同事有個機會可以聚首一堂，大家認識一下；一則，還希望各位給平初一點坦白的指教。大家不要客氣，隨便用點茶點，隨便說點話。」

陳平初說完，伸手搔了搔下額，坐下來。他拿起了茶盞，向四邊招呼一下；大眾同時都把茶盞拿起了。

只是徐子修卻沒有動一動，他坐著，覺得自己的呼吸越發地短促起來。平常，無論什麼集會他總從來不慣於當眾發言的。他肺葉震動著，正要站起身，卻發現尤丹初從陳平初側邊拿了一本本子，遠遠地走到自己跟前——

「請補簽一個名。」

「……」像沒有聽到。

「徐先生，請你補簽一個名哪，」把筆都一直遞到他手邊來。

這才對尤丹初看了一下，把醮滿墨汁的水筆拿到手，手抖著，飛快地在那簿子上簽了「徐子修」三個大字；正這樣做，他發現跟他遙遙相對地坐著的張敬齋忽然把肥大的身軀動一動，搶在他前面站起身——

「校長，各位先生，」他把頭向兩邊一點，開始從容地說。口說只是一點小意見，卻來了一段又長又叫人討厭的議論：改革計劃，課程，事務，一封教務主任聘書就買到這一套肉麻的歌功頌德的話嗎？還厚著臉說是「代表全體同仁」呢？徐子修根本就沒有這一分耐性詳細聽下去，他只把眼光向陳平初坐著的那遠遠的一只角狠狠地逼視。還看到尤丹初把頭湊到陳平初身邊輕輕搗了一陣鬼，然後兩個人又同時把眼光向自己方面飄過來。徐子修還是倔強地望著，像企圖給予一種威脅似地拿對方的注視逼退了才干休。

「……我們這學校，過去又有著悠久的歷史和基礎，現在又有幸地得到陳先生那樣的專家來主持，兄弟覺得前途是非常有希望的，所以敢貢獻了這小小的意見，還請各位指教指教。」

張敬齋又四邊點著頭，來了三五聲的鼓掌，沒有響影，又沉默著。他突然間加上一個「完了」，才坐下。

停頓了一陣。

「現在張先生提出了三點高明的指教，」陳平初又半站起身說，「真是校務改進方面最確切，最具體的方案，我們停下還應該一件一件詳細地討論。我還希望大家多說一點話，可以各方面參酌參酌。現在還有那位先生，那位……」

沒等他說完，徐子修突然站了起來。

全場愕然。

站著，腰部稍稍拳曲，皺緊眉頭向兩邊慢吞吞看了一遍，卻好久還沒有話，他頭疼著，兩條腿震動著，兩隻手痙攣地互相捏了一陣——

「我首先要聲明，」差不多等了半分鐘，才喘著氣，用顫動的聲音開始，「我今天並不是來參加，參加這個校務改進會議的……我我……我特地來提醒大家，我們現在還沒工夫討論這將來的問題。我們眼前，在我們眼前已經發生更重大的事情了……我，我……」

現在，全場連茶碗底叮噹聲都聽不到，只聽到徐子修底鼻孔在急迫地著。

「剛才張敬齋先生說了許多的話，還有那位……」能用校長這稱呼嗎？他不願意；他說了好一陣，才勉強說清楚了「陳先生」三個字。「還有陳先生也說了不少話，可是大家一句都沒有提到，我真是覺得非常奇怪……我們學校裡有這麼許多學生無緣無故被捕逮了，難道大家不知道嗎？」

他突然把聲音加大了，說了這一句，又停頓下來。他像感到一陣陣的頭暈，只好把身體偏向一邊，用一隻手扶住了椅背——「剛才接到通知書的時候，我還以為是專為這事情而召集這個會的，等來到這兒，那知道不是，那知道大家一句都沒有提……我們都

二十四

是辦教育的人，我們對於青年是負著怎樣重大的責任，對青年底家長負著怎麼重大的責任；現在，我們自己學校裡的學生發生了這樣不幸的事，難道就可以裝聾做啞地不顧問嗎……現在，學校裡據說已經有了負責的人，我希望新的學校當局能夠給一個事情經過的報告，給一個能叫大家滿意的具體辦法。」

倒下來，在椅背上靠著，把眼睛盡是望住空中。

這時候，在教室外邊不知不覺又聚集起更多的學生了。

陳平初笑了一笑，又搔搔下頦，站起來。

「平初今天非常高興，能看到我們的同仁對青年是這樣熱情地愛護；像這位，這位，」他轉過頭，對身邊的尤丹初輕輕問一下，是徐子修嗎？然後接著說，「像徐先生這樣的精神，平初是非常欽佩的。不過有一點徐先生是誤會了，他彷彿沒有把教育跟政治這兩件東西分清楚。學生因政治嫌疑被捕，那是，那是學校裡管不到的事情，學生的思想和行動，是不能叫辦學校的人來負責的。何況平初還剛來到，以前訓育的情形也，也是完全隔膜。所以徐先生要平初做一個事實報告，卻是無從應命。至於辦法呢，據個人想，那自然只好等當局解決，所以剛才根本沒有提。」

剛說完，徐子修跟張敬齋同時站了起來。

「徐先生，請等一下，」張敬齋發現了，招呼著說，「這事情我倒有一點，有一點……」

徐子修一時說不出話，只好坐著。

（振民呢？只要有樊振民在身邊就好對付了！）

四邊望望，感到自己完全孤立著，四周圍盡是對頭了。

「關於這事情的大體方面，剛才校長先生已經有了明白的解釋；我覺得，只要從事理方面稍稍想一想，就很容易明白，也無需再加多餘的補充。不過，從這裡我們倒可以連帶想起了學校的訓育問題，我們與其在這裡討論該怎麼定對付的辦法，倒還不如想一想，為什麼有這些事情發生。不如想一想，為什麼有這種暴亂的分子，為什麼好好的青年到我們這學校裡來會變成，變成……」

突然間，從教室外遺傳來了一聲又長又響的「噓」。

大家把眼光去找尋這聲音。

徐子修已經幾次地想站起來。那傢伙簡直把學生的罪狀咬實了嗎？聽到噓聲，也轉過頭去向門外望了一下，四周圍層層疊疊地盡是人哪。

「我覺得，我覺得，」張敬齋卻只稍稍停頓，還像沒聽到似地顧自己說下去。「這倒是我們責任所在的地方：為什麼我們竟教育出這樣的青年來……固然哪，被捕的學生也不過是嫌疑，不過既然當局都注意到了，又誰能夠擔保我們一定沒有這種分子，一定是冤枉的……」

「我，我就能夠擔保！」徐子修忍不住搶著說。

那一個笑著。「那可不知道徐先生憑什麼來擔保沒有這種分子的存在。」

「這這，這簡直是……」徐子修喘不上氣地說；「我們只要看，在，在政治風潮高漲的時候，我們這學校裡有沒有這種分子？在三年以前有沒有？在三個月以前有沒有？為什麼剛巧到三天以前，在新舊交替的時候，在學生向校董會請願之後就馬上發現了呢……很明白的，這不是學校訓育的問題，也不是政府當局的問題，分明是有人誣告啊？」

聽到屋子外邊一陣稀微的拍手聲。

「學校是培植青年，教育青年的，誰這樣喪心病狂地把它變成一個摧殘青年，陷害青年的機關哪！究竟是誰誣告的，我們要在這兒追查出來，而且我可以知道，這個人一定就在我們這一圈子裡邊。」

本來還是斷斷續續的拍手聲，現在是變成混然的一片了。徐子修像喝醉了酒，站不定，趕忙兩手揑住了桌邊；可是他再也想不到自己聲音會變得這樣響，竟叫人在一片掌聲中還能聽到他繼續喊：

「我們大家應該拿出良心來想一想，不要滿口官話，事情就非常容易明白了。我們就忍心看這班純潔的青年，而且是自己的學生，受到這種惡勢力的殘害嗎？我們還忍心假作不知道，無恥地向惡勢力低頭嗎？我們，我們……」

喉嚨開始啞了，說不出話，只站著喘氣。

外邊，那一片渾然的聲音卻變得比剛才更嘈雜。

正這時候，看到尤丹初忽然站起來，卻並不發言，只又對陳平初搗了幾句鬼，亂匆匆地一個人離開會場走出去。

「請大家維持秩序，兄弟倒還有幾句話要向大家報告，」張敬齋也不是剛才那副帶笑的臉色；他卻還努力抑制著，用一種勉強的鎮定舒緩地說。這樣提一句頭，等外邊的鬧聲稍稍平復，才接下去，「剛才徐先生口口聲聲說是為青年，那當然會博得學生的同情和擁護了。（噓！）他那種操縱青年感情的手段和能力，兄弟是非常佩服。（噓，噓！）不過，不過，（他開始讓不斷的噓聲弄得有點窘迫，話有點格格不達的，）我們如果追究他的，他的動機，很明白的。是為了他那位未來的令婿樊振民先生也牽涉在這事情之內呀！」

徐子修驚了一下，這樣說，樊振民的下落是可以證實了。

「所以所以……」

徐子修不等說完就搶上去——

二十四

「大家聽著，現在張先生向我們報告，樊振民也同時被捕了！這事情我是直到現在都沒有知道的，在座的各位又聽到這消息沒有？」問著，稍稍停了一會，「樊振民並不在學校裡被捕，所以學校裡的人全不知道；我也只發現他失蹤，沒清楚他的下落。大家都不知道的事，為什麼張先生一個人他偏偏會知道呢？這一次這麼許多人被捕，還不是證明了有人誣告嗎？還不是證明了是誰誣告的嗎？試問張先生是不是在偵查隊裡辦事的，所以知道得這樣詳細……」

嘈雜，混亂；門外邊的人是越聚越多，有幾個竟踏進到門檻裡邊來。張敬齋青著臉，把眼睛望住徐子修，想說話，卻看見陳平初也站起身，伸手向兩邊招呼，叫大家坐下，又對門口邊學生們喊：

「你們靜一點哪！」

徐子修把兩手撐住臺子，暫時坐下了；他眼花，心跳得厲害，自己還發現手掌心變得冰冷的。

「今天這個會原是聯歡的意思，請兩方面平心靜氣說話，不要，不要……」陳平初搓著兩隻手，他覺得再不調解是要大家都下不了臺，趕忙努力阻制著。「其實，張先生和徐先生的衝突，其實也不過是誤解，請大家不要意氣用事……不過，不過徐先生有一句話，平初倒不能不聲明一下；徐先生說為什麼學生被捕不早不遲地在這個新舊交替的時候，彷彿就連平初都有嫌疑了。徐先生唯一的理由是，為什麼這樣巧？其實，其實巧的事情世界上是有的……」

學生們有的忍不住笑起來。

「徐先生這樣愛護學生，我們大家自然都非常同情；不過請不要誤會，我們大家誰不是同樣地愛護呢？平初無論到那兒，也總是把青年學生當做自己子弟一樣看待，這，這……」

忽然間一個響亮的怪聲在喊著：

「不要臉的話！」

接著是幾聲把食指擱在嘴裡吹出來的尖叫。大家又一次把頭向發出這些聲音的地方轉過去。

本來，尤丹初早就說過最好別讓學生們旁聽的，為要表示寬大，陳平初沒有依從；他說話的時候大家笑，他已經有點受不了，可到底還勉強忍耐住。這一回，他就把話中止了，對門邊望著，停一會，卻突然離開座位向那人群走過去，氣憤憤地說：

「你們在這兒幹什麼？剛才話是誰說的？」

「……」

「你們趕快指認出來，總是你們這一堆裡的人。」

二十四

「是我說的，」有人這樣答應。

「好，好，你站出來。」

一下子全場都變得靜默無聲了；那個學生走出了幾步，大家看到，是高二的陳建功；陳平初對他看了好一會，只又加上了兩個「好」字，亂匆匆自己走回到座位邊——

「大家看看，學校裡有這樣不守規則的人，應該怎麼處理？」

「……」一時間沒人答話。

「大家評評理，這樣舉動，這種……」

「我覺得這種舉動是對的，」徐子修直截地接上去，「他們看到自己的同學這樣無端地被誣陷，他們的心沒有死，所以會有這種激於義憤的行為，我們不但不應該阻止，還應該鼓勵的；我們……」

「像這樣的，這樣的不法分子還，還……」

「如果一定要辦，那容易，向當局去告發，說是政治嫌疑，叫抓去好了……還有我，我也是有政治嫌疑的，一起抓去好了……」

四周圍又變得紛亂起來，有好多人爽性擁到了屋子裡邊，把那臺子排成的馬蹄形包圍住，嚷，拍手，在徐子修鄰近的同事到他身邊把他拖著，掀著，勸解著，硬要他坐下去。

「徐先生，你，你不要……」

「我們還是散會吧，」也有人這樣提議。

「這，這……」陳平初還自己耐不住地咆哮，「這學校還，還幹得下去，這，這……」

不等他說完就馬上來了響應——

「幹不下去滾蛋好了！」

「你不滾我們走！」

「我們全體退學！」

「還要學校裡把學費都發還！」

「再上課的是狗，不是人！」

「……」

「……」

在一片聲音和動作的擾攘裡，徐子修只覺得眼前一陣黑，一陣青，屋子像要倒翻下來，坐著，還彷彿自己的身體在無窮盡的深淵裡掉落著。手冷，頭上卻淋著汗水。他舒了一陣氣，定著神，好一會，才稍稍清醒過來，卻看到眼前許多人都在紛亂中不知溜跑到那裡去，四邊人只剩下一二十個學生把他包圍住。雪白的臺布給弄髒了，甚至幾張凳子都倒下了；他還看到有人正拿起剛才的記錄簿一張張撕，然後高高地一抛，讓它飛著；還有人也順手撈著盤子裡的點果，往嘴裡塞……

二十四

「徐先生，徐先生，你怎麼樣？」

「不要緊，不要緊。」

「徐先生你身體……？」

「我向來有這個頭暈毛病的，近來時常發。」

他伸手到衣袋裡，想找一根手帕，卻摸來摸去都沒有，就只好拿長衫底袖口在額上揩。又坐了一會，他勉強站起身，卻不料剛走上幾步就差不多要倒下來，他趕快讓身體一偏，伸手撐住牆壁。有人看到這樣子，就過來扶住他。

「徐先生這樣怎麼能走呢，歇一歇吧。」

這時候，正在收拾盆子和茶盞的校役來富卻把手頭的工作停住了。他從旁邊看了一會，忽然間拿自己袖口一擄，走過來，一邊說：

「我來送徐先生回去吧，反正我也要捲鋪蓋了。」

就過來把徐子修用力攙住，掖著他，慢慢走出了教室。抬起頭，天色已經開始黑下來。徐子修又揩著汗珠，喘著氣，差不多全身靠在來富身上，在那一條遙遠的長廊上勉強地走。

等回到家，還是由跟送在洋車後面的來富扶下車，徐守梅開出門來，卻看見父親的臉色是蒼白得像死人一樣了。

二十五

在向來那麼冷清的馬路上，那一天午飯後，卻忽然比到了寒暑假的時候都更熱鬧起來；人聲嘈雜，滿街的塵土飛揚，引起鄰近鄉村人家底狗都竄來竄去，汪汪地叫著。連貫的洋車從吃飯時候造成現在都沒有斷絕過，上面載著人，載著衣箱和鋪蓋，一例地往東面跑去。偶然來一輛逆流的車，想要從這條路上經過是困難的，時時要讓避著，停頓著……

那一輛逆流的車上坐著的，卻就是樊振民。

三天以前，他從徐子修家裡出來，剛到自己裡門口，就有兩個不認識的人把他夾著，要他坐上一輛汽車，把他載去了。他不認識他們，那兩個人可認識他呢。是這樣莫名其妙的三天，也沒有人正式問過他幾句話，只在兩方面的不得要領之中過去；沒有一點根據，沒有一點證明，連究竟是誰告發的都彷彿無從追究的樣子。終於到今天，也並沒有宣布無罪地就把他釋放了。出來，他就先去洗了一個澡，飽飽地吃了一餐飯，連自己家裡都沒有回去過；怕徐子修他們掛念，就坐上一輛洋車趕了來。

「可是這許多學生究竟幹什麼呀？」坐在車上，他這樣不明白地想，「難道提前放假了嗎？真解散了嗎？」

幾天來的情形他一點也不知道啊！

學生們也有許多認識他。有的剛來得及看見，就已經跑過，有的只在滿目塵土中向他招呼了一聲，就聽不出下面的話。無論如何，風潮是擴大了，這他可以相信的。正這樣想，一輛已經拖過的洋車上有人向他喊著，回頭看，那車在停下來。是陳建功，也在身上疊著衣箱和鋪蓋。樊振民趕忙把自己的車也勒停了。

看看離徐家已經不遠，他下車來，付訖車錢，走到陳建功身邊去——

「你們，你們怎麼樣啊？」

「大家都自動退學了，學校裡差不多已經沒有人。」

「怎麼，這幾天事情我完全不知道。」

「本來呢，昨天就已經開始上課了，抓了這許多人去，就散了心，到昨天，昨天……」

「你還是下來吧，看，後面車都塞住了。」

陳建功往後邊看了看，就讓車子拖到道路側邊，自己扶住行李，下來，跟樊振民一起退避到陽溝邊；可還是一陣陣的風和灰土，他們只好拿出手帕來掩住了鼻子。

「一直到昨天散了課之後……」

他開始興奮地說著那教員會議的經過。說著徐子修的情形，竟連樊振民聽了都像不敢十分相信呢。平常，有點事他只會自個兒燥急著，一點辦法也不會有的；可是這一回，倒是他一個人的辦法，而且只有他的辦法才有了成效了！他那來的這力量，這感動人的力量啊！

「……今天，他們又標出了開除二十幾個人的告示，」陳建功接下去說，「同時還強迫大家上課，不上課就得馬上離校。他們這樣幹，大家就走。」

「是全體嗎？」

「差不多全體了，就是高三還有一部分不走。」

「到底文憑要緊哪，」樊振民笑著說，「不過少數人也不怕他。」

「今天聽說上邊還要派人來調查這次風潮。」

「不錯，被捕的人已經全放了沒有？」

「有幾個出來了，有一些還不知道，大概總不要緊。」

「不過，不過，」樊振民稍稍沉吟，「恐怕以後還有許多事，你們這樣一走散，倒是，倒是有點……」

「不要緊，大家都有地址留下的，團結還存在——本來有許多事情還要跟樊先生談的，現在我先去把東西放一放好，回頭再到樊先生那邊去詳細談吧。」

二十五

「你幾時來?」

「至多兩個鐘頭。」

「好，你稍稍遲一點也不要緊，我還要到徐先生那邊去轉一轉，才回家。」說著，就讓陳建功坐上洋車，走了;他向魚貫不絕的車子底行列望了一陣;這事情他難道還不相信嗎?有這麼許多學生搬東西難道會是假的!他興奮著，困難地穿過馬路，靠在邊上，還用一種孩子氣的熱情向認識的學生揚著手，自個兒急忙忙趕到徐家去……

徐守梅想不到開出門來竟會是樊振民!她正焦急著，如果再兩三天沒音信，真不知道該往那兒去找呢。互相像來不及似地問起兩方面的情形，樊振民約略把自己的事說了，隨即問——

「你爸呢?」

「他又躺下了!」亂匆匆地答，「今天已經好得多。你沒看到他昨天回來時候的樣子呢，簡直像失去了知覺。幸虧來富來幫忙服侍，我趕快去找醫生。」

「你去找的?找誰?」

「你當我真連請醫生都不會嗎?以前那個方子有地址的。」

「現在怎麼樣?」

「已經好多了，昨天就連打針都不覺得。」

「去對他說我出來了。」

「可不知他醒了沒有，剛才倒是睡得好好的。」

徐守梅打先走進父親臥房去；樊振民輕手輕腳跟著，到了前間，他停住了，靜靜地等了一會。先還沒有聲音，慢慢聽到守梅在說著話，他踅到門口，就看見徐子修筆直地挺在床上，可是已經張開了一雙烏黑的眼睛。

「啊，振民，你，你怎麼會出來的？」

倒已經先看見了他。樊振民就走進那間黑沉沉的臥房，緩緩地說，「我的事本來沒有什麼，硬誣賴到底沒有用。」

「你，你……」

還是那麼氣急啊。

「您還是少說幾句話，我自然會一件一件告訴您。」

就在他床前的一張凳子上拿掉一些衣服，坐下來，又一遍說著自己的經過；接著就說起了剛才在路上跟陳建功談的話。他一邊還悄悄地注意著徐子修神色：幾天來，他臉上已經瘦得不見一點肉；全身蓋在一張薄被裡，平得簡直像沒有東西了。可是聽到說起全體退學的事，他卻把身體側過來，拿眼睛望住樊振民，鼻孔裡短短地呼著氣。

「怪不得我張到籬笆外邊有這麼許多洋車走過呢，」徐守梅也插嘴：「我還詫異，怎麼會有這麼許多人搬家。」

「你也看到的嗎？」

徐子修現在彷彿對什麼事都非要親眼看見就不敢相信似的。可是女兒也說看到，多少是不會假的了。他把身體又動了一下，拿肘子撐著，像要起來。守梅趕快拿過了一個枕頭去，扶住他，讓他靠起了半個身體。

「您這兒門口當然經過，到現在還沒有走完呢。」

經這樣動一動，又喘氣了，頭一陣暈，還是倒下來。守梅只好把枕頭又拿開，在他肩背上不停地拍著，一邊對振民說：

「你慢慢再對爸談吧，他受不了。」

樊振民把話停住，也慌張地站起來，看著。這一場喘氣像一下子停不住的樣子，他體質竟衰弱到這步田地嗎？彷彿直到現在，他都還不敢相信，眼前這個病人，在昨天倒會幹出這樣一件事情來的！誰能想得到在這樣一個身體上面，倒會有那一股比青年人還強的蠻勁呢？憑著這股蠻勁，憑著這種冒失和燥急，他是把無可挽回的事情都挽回過來了，把失敗變成勝利了。想著，微微感到一種慚愧似的心理：平常，矜誇著自己的能力，空說著人生乃是鬥爭，可是到緊要關頭能有這樣一顆堅強的心來蠻幹嘛？他，只在半個月以前，還那麼除了自己的本分之外，旁的事問也不願意問起的，可是到外界的壓力加強了的時候，卻表現了這種任何人都夠不上的彈性了。是他嗎？是這個連說一句都沒氣力的眼前這個徐子修嗎？那麼疲倦憊，那麼衰老！可是在這個衰老，疲憊的病人跟前，一個年富力強的青年人卻無可奈何地深深感到了自己底薄弱和渺小……

「不要緊，不要緊，」好久，才慢慢平復下來。

不敢再多說什麼，樊振民站了一陣，想起陳建功就會到他家裡來，還有許多事情又得重新積極進行了，正要走，卻聽到徐子修又在自言自語的——

「事情會鬧成這樣也想不到，想不到……我昨天還以為什麼都沒有辦法了，想不到……想不到……」

「爸，你還是少說幾句話吧。」

討厭！叫人生了嘴不說話嗎？徐子修倔強地想；可是他到底只皺了皺眉頭，沒有說下去。

電子書購買

爽讀 APP

國家圖書館出版品預行編目資料

漩渦裡外：無數漩渦相互重疊，沒有人能逃脫的混亂 / 杜衡 著 . -- 第一版 . -- 臺北市：崧燁文化事業有限公司 , 2023.10
面；　公分
POD 版
ISBN 978-626-357-600-1(平裝)
857.7　　112013438

漩渦裡外：無數漩渦相互重疊，沒有人能逃脫的混亂

臉書

作　　者：杜衡
發 行 人：黃振庭
出 版 者：崧燁文化事業有限公司
發 行 者：崧燁文化事業有限公司
E-mail：sonbookservice@gmail.com
粉 絲 頁：https://www.facebook.com/sonbookss/
網　　址：https://sonbook.net/
地　　址：台北市中正區重慶南路一段六十一號八樓 815 室
Rm. 815, 8F., No.61, Sec. 1, Chongqing S. Rd., Zhongzheng Dist., Taipei City 100, Taiwan
電　　話：(02)2370-3310　　**傳　　真**：(02) 2388-1990
印　　刷：京峯數位服務有限公司
律師顧問：廣華律師事務所 張珮琦律師

定　　價：350 元
發行日期：2023 年 10 月第一版
◎本書以 POD 印製